モンテカルロ

フランダースの声

ペーテル・テリン

板屋嘉代子 訳

松籟社

Monte Carlo

Peter Terrin

Kayoko Itaya

モンテカルロ

MONTE CARLO

by

Peter Terrin

Japanese translation rights arranged with Peter Terrin
c/o DE BEZIGE BIJ, Amsterdam
through Tuttle-Mori Agency, Inc., Tokyo

This book was published with the support of
the Flemish Literature Fund (www.flemishliterature.be)
and the Flanders Center (www.flanders.jp).

Flemish Literature Fund

FLANDERS CENTER

Translated from the Dutch by Kayoko Itaya

息子、ウィレムに捧ぐ

「内燃機関を検査せよ
神の愛が君とともにあらんことを」

――デヴィッド・ボウイ『スペイス・オディティ』より

第一部　モンテカルロ

1

その火は、まだ火にはなっていない。実際には。だが、ロータスの車体から漏れ出した高品質の燃料は、もはや液体ではなくなっている。この瞬間に、燃料は荒々しくその姿を変える、ありきたりな表現では〝吠える〟と描写される音を、実際には酸素に食いつく獣のようなとてつもなく大きな騒音を伴いながら。まだ火にはなっておらず、モンテカルロのこのいつになく暖かい春の強烈な日差しの中、今のところは目に見えない、無色の、熱の雲だ。その雲が、彼を背後から押すと同時に包み込む。メカニックオーバーオール、下着、髪につけたブリリアンティンでさえ、彼を保護し、肌を守る壁だ。この瞬間に、オーバーオールと荒れ狂う熱は隣り合わせに接しており、拮抗している。まだ火にはなっていない、その火。

2

男の名はジャック・プレストン。

祖国のために戦死した彼の父は心優しい男で、息子をアダムと名付けたかったが、母のほうはアダムという名はあまりに高貴で、彼らのようにつましい生活を送る者たちには不釣り合いだと思った。この子をアダムと名付ける――母がたたいてふわりと膨らませたクッションにもたれ、身をそらして考えていると、生まれたばかりの息子が彼女のとても敏感な左の乳首をくわえながら小さなうめき声を上げていた、そのさまは、悲しみに耐え抜いたのちに不意に訪れた幸せが大きすぎ、その小さな身体ではしっかりと受け止められず、持て余した幸せを声帯を震わせながら吐き出しているようだった――この子をアダムと名付けると、誤った期待を抱き、その結果生じる失望からこの子の人生は台無しになることが運命づけられるだろうと、母は考えた。ジャック。ここ数か月一秒たりとも頭から離れず、前夜夢に出てきた彼女の弟、死産だった弟が夢の中に大人になって現れ、自分の手を握るジャックが弟本人であるということに彼女は何の疑いも持たず、弟にちなんでジャックと名付けた。

アダム、父は十一年後に考えた。その思考は、弾丸が彼の顔付近に命中すると同時に浮かんだ。今、弾が胸に命中し、見知らぬ浜辺に横たわっていると、痛みが遠ざかり、戦闘から離脱したことで、恐怖はどんどん薄れていった。迫撃砲の砲火、耳障りな悲鳴、弾丸が飛び交う音、海、すべてがおぼろげになってゆく。貫通した弾丸が、まさに彼の視界に砂を飛び散らせ、小さな穴を開けた瞬間、温かな記憶として、思いがけない贈り物が、彼の息子でもあるアダムという名が現れた。ひそかな、秘密と結びついた唯一の喜びが、この一言に集約される。アダム。父はささやき、唇が動くのを感じ、そして死んだ。

3

大公はにこやかにほほ笑んでいる。一年で最も重要な日はすべてが予定どおりに運んでいた。お決まりの食事会は終了し、歓談は満足のゆく終わりを迎え、大公はアメリカ人の妃の手を取る。妃は、両親がそうなるようにと望んで付けた名のとおりに優雅だ。

雰囲気は和やかで、一行はすぐに打ち解けた。日の光がホスピタリティーエリアの大きなガラスファサードから中へと差し込み、遠くで紺碧《こんぺき》の海に反響しているそのきらびやかさは、聞こえてきそうなほどだ。滑空する一羽の鳥が大公の注意を引く、高く空へ向かって何度も旋回し、気流に乗って滑るように飛んできては再び背を向け、まるで目に見えない大気圏の裂け目を、次々と輪を描きながら鋭いくちばしで縫っているようだ。そして大公はあの鳥になり、山の斜面に向かって広がるこの小さな土地をワシのように見下ろし、神の肩越しに人間の営みを見物している、この努力と活力、知力の結集、このたぐいまれな繁栄と建築技術の輝かしい集積、淡いバラ色に統一された建物とその上の岩山がロマンチックに調和し、その下に広がる港に配置されたヨットは目がくらむほど白い——人生経験豊かな大公は、ワインに酔って郷愁に浸りながら、公国を、永久に果たされることのない約束と考えている。向こう側のちょうど中央に、グランプリのサーキットのきわめて鮮明なシルエットが浮かび上がっている。緊張感あふれる、今はまだ空っぽのいびつな輪。

大公は妃の結婚指輪を指でつまみ、今日は去年のような死者が出ないでほしいとひとりごちた。もう片方の手でひげをさすりながら。そして大公は招待客のほうを向いたが、思いはデーデーに向いている。

4

農夫コリンのトラクターをいじっていたころ、ジャック・プレストンは十三歳だった。一九三〇年代初頭に製造された、古いマッセイファーガソンだった。それは道を挟んで建ち並ぶ、立派な倉庫のうちのひとつの前に置いてあった、いくつかの倉庫には干し草を乾燥した状態に保つため壁がなく、両側に倉庫が六棟ずつ並んだ道は、コリンの農場内にあるため私道のような印象を見る者に与える。ジャック・プレストンは二年前から口数の少ない少年になった――陸軍兵が軍服のきらめく飾りボタンに帽子を当て、母子の頭越しに家の中をじっと見つめながら指示された言葉を棒読みした時から。

トラクターは背の高い雑草が生え、猫たちが風雨をしのぐ場と化し、徐々に腐蝕するよう運命づけられていた。農夫やその下男たちが認めなくとも、あきらめるしかないことは明らかだった。農家にはどこでも、そんなトラクターやトレーラー、堆肥を運ぶ荷車などがひとつはあり、それはいつしか時に縛られ、その置き場所から永遠に動かされなくなり、時に支配されていない周囲にその存在を訴えていた。

ジャックは学校が終わると農場へ駆けつけ、一日中誰にも会わないこともある、人気《ひとけ》のない大きな荒れ果てた倉庫に恐怖を感じつつ、主の祈りを小声で唱えながら作業に集中した。エンジンのことはまだ何も分からず、どのようにして動くのかも説明できなかった。ジャックはエンジンをいじった。部品をひとつひとつばらし、分類して馬衣の上に置く。消耗したオイルシールは倉庫にある作業台の引き出しを開けて代わりのものを探した。唾をつけ、ぼろきれで磨く。思い切ってさらに大胆に改造し、マシンの中核までの構造を記憶し、まるで入ってきた部屋から後ろ向きに後ずさって離れるように、すべて元どおりに組み立てた。

三か月後、ファーガソンのエンジンは新品同様に見えた。トラクターは動かなかったが、それはあまり重要なことではなかった。

5

その火は、まだ火にはなっておらず、人々は待っている。高層マンションのバルコニーにある鉢植えの間から顔を覗かせて。タバコを吸いながら待ち、錬鉄の手すりに寄りかかり、眼下のアルベール一世大通りやスタート地点の満席のスタンドを見下ろしている。サン・デボーテの教会に面したコーナーで、オステンド大通りの方角に向かい、白いシャツに身を包んだ男たちが石造りの欄干に腰かけている。ボー・リバージュへ向かう上り坂で、あるいは噴水の音が聞こえる有名なカジノの前で、ミラボーからステーション・ヘアピンへと続く急な下り坂で、トンネルを抜けたところで、シケインで、タバココーナーの急カーブにある階段で、堂々たる埠頭《ふとう》沿いで、無数のレジャー用船艇の船首楼で、ガスワーク・ヘアピンからアルベール一世大通りまでの鋭い右コーナーで——皆、待っている。誰もが熱狂し、レーシングカーを待ちわびている、間もなく群れを成してスタートし、八十周する、四つの大きなタイヤに囲まれた葉巻型の、昆虫のようなボディを。

6

スタート地点のスタンドで、ある女がハンドバッグからカメラを取り出している。彼女の右側に座っている男は無作法で、その腕は太もものサイズほどある。だが身につけている腕時計が、彼が道に迷ってこのスタンドにうっかり座っているわけではないことを物語っていた。

女はハンドバッグを膝《ひざ》に置き、男に触れないよう気を配る。彼が吐き出すタバコの煙は反対側へ漂っている。彼はスタート地点のレーシングカーを指さし、隣に座っている男に向かって大声で話しかけ、自分の言葉を強調するために、毛深い腕を太ももにドスンと落とした――手足が揺れている。

男はおそらく気づかないだろうから、彼女は配偶者と座席を替わることができるかもしれないが、彼を傷つけると思い敢えて替わらなかった。気晴らしにカメラのファインダーを覗く。

彼がイタリア人だということを、彼女は確信している。これは彼女の考えだ――太った男は、目元からシャツの中までひげを蓄えていたとしても、皆どこか子どもっぽいところがある。葉巻を吸っていたとしても、一日中反抗的に不満を言うばかりだったとしても。彼らは母のように甘えさせてくれる女が好きだ。

彼女は嫌悪感を抱いているわけではなく、むしろ肉体的な興味から、寝るとどんなふうだろうかと想像する。思いがけず興奮し、顔をカメラの後ろに隠した。

配偶者は彼女の考えていることを知らない。彼女は写真を撮っている。誰も彼女の考えていることを知らない。彼女は太ったイタリア人らしき男の隣に座り、スタンドで写真を撮っている女である。

7

そのニュースがどのようにして広まったのか、出どころがどこか、誰にも分からない。その名が明らかになった瞬間に、ニュースがどこから出てきたのかなど、もうどうでもよくなった。デーデー。彼女がモナコにいることは皆知っている。誰もが彼女の気配を感じている。デーデー。誰もが、この出来事を皆で共有しているのだと分かっており、この午後だけは非日常なのが当たり前なのだと受け止めている。大きな話題になっている若い女優は、もちろんここにいる。彼女の名がうわさになり、皆を結びつけ、そこが第二のサーキットになる。

デーデー。

まるで彼女が宿泊しているスイートルームへと続く廊下の大理石のように、彼女の見た目は炎のようでクールだ。謙虚に目を伏せる時も、ゆがんだ口元に挑発が浮かぶ。信心深い田舎娘は、少しずつ芸名にふさわしい振る舞いが板についてきた。天才的なシャンソン歌手とのデュエット。カンヌ国際映画祭のクロワゼットへの登場。この世のものとは思えない、彼女の顔を飾る金髪——若い女たちはこぞって彼女のヘアスタイルをまねようとして、物笑いの種になる。デーデー。パリの反抗的な学生たちは彼女を嫌悪し、また欲情を抱いている。

8

ジャック・プレストンは最初に左側の門を閉めた、いつも左側から、埋め込まれたレールに沿って中央へ、次に右側、そして南京錠を小穴に引っかける。農夫コリンは彼に、倉庫を二束三文で貸してくれた。働いて稼ぐようになったのは十七歳の時だ。たいていは整備を、時には修理をした。掘り込みピットを掘り、作業台を整えた、農夫のトラクターや村の男たちの車は、ほぼすべてフォードだった。小穴に南京錠の掛け金を差し込み、錠をカチッとかける――何メートルもある門に引っかけた錠を、この音と錠の重さを確認してから手から放し、儀式ばった施錠をした。夕日が穀物をオレンジ色に染め、ツバメがさえずり、ジャックはメカニッククオーバーオールの胸ポケットに突っこんでいるタバコの箱から一本取り出した。自分の黒くなった手に誇りを持ち、一人前の男のふりをして、まるで動かすことができないかのように指を曲げた。だが教会では子どものように手を合わせる。フェノールが悪臭を放つ建て増しされた木造のポルチコに上がる前に、鉄製の腕木で靴底を引っかいて汚れを落とした。教会の敷居を見るたび、どうすれば靴底が天然石をこんなにすり減らすことができるのか、あり得ないこともついには可能になるのかと、いつも驚いた。ジャックは十七歳だった、ポケットには金とタバコ、自前の南京錠の鍵、彼は感謝してこうべを垂れ、母のために祈った。目を閉じ、自分の呼吸に耳を傾ける。ジャックはこの四か月後に突然神に召されることになる、愛する母のために祈った。痛みもなく、母の心臓は壊れた。

9

さて、女はカメラのファインダーから、髪にブリリアンティンをつけた男が、ガムテープを切っているのを見ている。別の男が、ポールポジションにあるロータスの、彼女の側から見える前輪と後輪の間にしゃがみ、歯でガムテープを引きちぎりボディに貼りつけている同僚を、胸にあごをつけながら見ている。太った男が最初に反応し、毛深い腕を突如太ももから離したのを彼女は横目で見て、彼が腕を上げ、車体の中央にある絵の上部を黒く細い一片のガムテープが覆っているのを指さしたのが分かったのと時を同じくして、彼女の配偶者、控えめな、ビジネスマンでF1界にコネを持つブローカーの——それについて彼女は具体的なことは何も聞き知らないし、尋ねたこともないが、それは夫婦関係を円満にするためのひそかな、暗黙の了解だ——失望と不信の声をはっきりと聞き、らしくない、やや芝居がかった夫の声に不謹慎にも憤りを覚えたが、その声は太ったイタリア人らしき男が上げた腕の半分ほども芝居がかっていない。そして彼女はふたつめのガムテープ片が視界を遮るまで、ずっとカメラのファインダーからロータスの絵を見ていた。船乗りの絵だ。そう、彼女にはよく見えた。船乗りの顔だ。太った男の大きな高笑いが、スタンドの気品ある静寂を破る。特に気晴らしからあちこちで非難が続出し、抗議とおもしろがる声で騒動は大きくなり、ガムテープを持って働き詰めの男が、おそらく自分がしていることをはにかんで振り向く。赤みがかったひげ面の船乗りの、気高くやや横を向いた顔が、ロープを巻きつけた救命ブイに縁どられ、ブイの上部には〝プレイヤーズ〟、下部に〝ネイビーカット〟の文字が読める。赤ひげに、赤い文字。あるタバコの銘柄だ。

10

小さなロイヤルボックスに大公が着席すると拍手が鳴り響いた。すぐに公子が大公の膝によじ登ったため、大公の足は重厚なイスの脚の間で身動きが取れなくなる。頭よりやや低めに、小さく手を上げ、拍手喝采に感謝の意を表すと同時に、今日が大公や妃、公子たちのためにあるのではないことを示す。大公は公子をしっかりと抱いていたが、もうそんな年齢ではないためみっともなく、まず不自然な格好で固定されていた足を解放したのち、白いリネンの背広を父親らしく整え直してやり、公子にイスに座っているよう命じた。

レースが始まれば、大公は家族とともにガラスファサードの後ろで観戦するだろう。あと十分もすれば馬力を急増させる助走が始まる。大公はできる限りスタート地点を視察する、最後のインタビューに答えるレーサーたちやレーシングカーと整備士たち、チームオーナーたちや報道カメラマンらの間を、大通りの並木が落とす影の中を、選ばれし上流社会の人物は穏やかにぶらついている。デーデーの気配は感じられないが、大公は彼女が護衛に付き添われて散歩することを知っていた。彼女は大公と出会ったころの妃と同年齢だ。この上なく繊細な、若いころの妃を思い出させる。大公はデーデーを知っている。のちほど彼女に話しかける時、父親のようにではなく、ひとりの年上の男として、率直に、彼女の手を取る大公は、ほかの男たちが太刀打ちできないシード選手のごとく、彼女が公国に引きつけられるのと同じように、当然デーデーを魅了する。

11

グランプリの二日前、ジャック・プレストンはとある脇道でトラックからロータス49を下ろすのを手伝っていた。彼は新しいメカニックオーバーオールを渡されたことをどう解釈すればよいか分からずにいる、そして同じオーバーオールに身を包んだアルフィーとジムも同様だ。ジャックは腕や脚を動かすたびに自分を見つめる。赤と金のオーバーオールに少しピエロのような気分になる。レーシングカーが荷台から出てきた時、ようやく分かった。まず、レーシングカーの構造を改良するために取りつけられた、三リッターV8フォード・コスワースDFVエンジンの、なじみ深い長い排気管が現れた。そしてボディ、もはやブリティッシュグリーンの中央に縦方向に走るイエローのラインではなく、ノーズのエアインテークも黄色の縁取りではない。ジャックをはじめ皆が唖然としてそれを見物している。チームオーナーのチャップマン[*1]は手品のように帽子からまた何か出してきたのだ。車は赤と白に塗られ、ノーズは金色で仕上げられ、チーム・ロータスは今やゴールドリーフ・チーム・ロータスという名前になったらしく、ボディの両側にはコックピットの辺りにタバコ会社の有名なロゴが輝いている！　タバコ？　フォーミュラ1カーに？　オイルやガソリン、タイヤなどを供給する、ファイアストンやエッソ、ダンロップ、BPならまだしも、タバコ会社が何をするというのかと、ジャックは思った。このラッピングは中身と一致しない。そしてアルフィーがおかしさと不信感のあいまった表情でジャックを見る。彼らはほかとは異なるチームで働いているのだ。彼らのボスはどうやってゴールドリーフなんてものを得たのか？　そしてどうしてモータースポーツの伝統的なカラーを思い切ってやめたのか？　フォーミュラ1カーに船乗りの絵とは？

＊1　一九五二年に自動車メーカー「ロータス・カーズ」を設立。チーム・ロータスを率いてフォーミュラレースにも参入し、車両設計に数々の技術革新をもたらした。

12

それは偶然だった。女はしばらくの間カメラを手に持ち、時々ファインダーを覗いては写真を撮っている。だが今や約一枚分を残してフィルムがなくなるため、彼女は待っている。とっておきの瞬間を待っているが、彼女はこの写真を撮ったことをのちに思い出すことができない。燃料はもはや液体ではなく、変化が起きている。彼女は、顔に打ちつける熱のことは覚えている、目に見えない雲、まだ火にはなっていない火。その写真は意識して撮ることは不可能で、出来事自体が記録したのだ。女はスタンドで太ったイタリア人らしき男の隣に座り、最後の一枚のためにカメラをかまえ、無意識のうちにシャッターを押し、それがたまたま偶然、この瞬間を捉えた唯一の写真だということを知るすべもない。彼女は覚えていない。顔に打ちつける熱と違って。

13

彼は英国ラリー選手権に参戦するチームの主任整備士として四年働いた。とても真剣な態度で仕事に取り組む責任感のある彼を、レース界や村の老いも若きも敬意を表しほめたたえていることに、彼は人知れず悦に入っていた。三十三歳の誕生日の三日前、郵便集配人が持ってきた一通の手紙に、釘づけになったように立ち尽くした。それは緑と黄で描かれたロータスのエンブレムの下にはっきりと書いてあった。妻がそっと彼の腕を引っ張り、どうしたのかと尋ねる。彼は妻を見た、薄いまつげに縁どられた、はっきりしない色をした彼女の目を覗き、狭い肩幅と大きなヒップ、あかぎれになった手を見つめた。どう切り出せばいい？　何から話せば、彼女は十分に理解するだろうか？　十六年前にシルバーストンで、最初のグランプリかつ世界で初めてとなるF1世界選手権が開催された際に、エリザベス女王が臨席したことからか？　ファンジオやファリーナ、モスといったドライバー、そして車両前方に設置された怪物的なフェラーリやマセラティのエンジンのことからだろうか？　それともいっそ、F1の様相を十年でがらりと変えた、イタリア人がいうところの〝ガラジスタ〟について？　ガラジスタというのは、試走のための舗装路がたくさんある第二次世界大戦時の古い飛行場の格納庫をガレージにして次々に創業した、クーパーやロータスやブラバムといった、イギリスで設立されたチームのことだ。それらのチームは巨大なエンジンメーカーとの競争を敢えてやめ、車両やデザイン、重量設計に力を入れ、そして小さく簡素なエンジンをコックピットの後ろに設置することでロードホールディングの性能を上げると同時にタイヤの摩耗を抑えた——それは革命的で、現在のフォーミュラ1の始まりだった！　そうだ、彼はこの話から始めるべきだ、つまり彼、ジャック・プレストンはそんなチームのひとつで働くのだから。彼が手にしているものは書面の確証だ。それは彼を興奮させ、不安にさせた。その夜、ジャックは教会でロウソクを灯し、祈った。

14

ガムテープを歯で引きちぎる少し前から、彼は観客の視線を背中に感じている。いつも観客がいて、グランプリ開催中の週末は彼ら整備士たちにも目が向けられる。特別彼らが注目されるわけではないが、ドライバーやレーシングカーと同様に一見の価値はある――彼らもたまたまそこにいて、とても高価なレーシングカーに触っているのだから目立つのだ。何をしているのか正確には誰も知らないとしても、あの特別な重圧に太刀打ちできるようになるためには、確固たる自信がなくてはならない。腕のいい整備士だけがそのチャンスをものにするが、観客はそれを知らない。スタート地点にいる整備士たちは皆、その地位をきちんと獲得している。それなのに、こんなガムテープを使って働き詰めなのはきまりが悪い。チャップマンがその知らせを届け、任務を与えた時、整備士たちは互いを見合った、ジャック・プレストンは三人のうち一番年上で三十五歳だったが、アルフィーとジムよりもチームにいた期間は短かったので、黙ってガムテープを手にロータス49へと赴いた。アルフィーが手伝おうと彼に続く。最初の一片を貼った時、スタンドで何かが起きた。男が大声で笑い、それは激しく駆り立てられるような高笑いで、まるでジャックとガムテープを皆に示したいようだ。大胆な行為を一笑に付し、BBCやITVが報道したのち、レーシングカーを走る広告パネルとして使用することは行き過ぎと判断してチームに禁止を言い渡した、国際自動車連盟の決定に拍手を送る。その決定はきのうの予選中にチームオーナーによって首尾よく持ち越されたが、今日はチャップマンの敗北だ。だがスタンドではほかの声、この決定を悪意のある保守的な束縛だとして拒絶する声も聞こえる。そしてジャック・プレストンは二片目のガムテープを船乗りの顔に貼りつけながら――あの赤と白と金に顔を近づけて――複雑な感情を抱いている。突然注目の的になり、彼が船乗りの絵を隠すところを録画するためにすぐに何台ものカメラが飛んでくる、きっと特別な心構えが必要になるだろうと考えた彼は、自分が明らかに優れた整備士としての冷静さを併せ持っていることに驚いた、誇りを持って驚いたのだ、車を飛行機のように飛び上がらせるためではなく、車両が地面に押しつけられるよう、コーナーをどんな車よりもすばやく曲がるために、レーシングカーに逆向きのウィングを取りつけようとひそかに実験をしている、常に先を見据えているこのチームに、自分が所属するべくして所属していることに。

15

ジャック・プレストンは、チャップマンに言われたとおりにロータスの両側にある絵を隠した。大公とその家族に対する拍手喝采で騒然としていたスタンドの空気が静まる。アルフィーとジムは最終チェックを始めた。五月だというのに真夏のように暑く、レーシングカーはグローブなしでは触れないほどの熱を放っている。ジム・クラーク*1は太く黒い髪を手でかき上げ、ヘルメットをかぶりあごの下で留め金を留める。向こうのほうでマクラーレンとハルが立ち話をしており、そばには六週間前のヨーロッパF2選手権で、誰の目から見ても彼自身が招いたことが明らかな事故から回復したトンプソンが、私服姿でやや所在なげに立っている。そしてチャップマンはクラークと顔を突き合わせ、明らかにドライバーにだけ聞こえるように何かを話している、最後の激励か、あるいは追い越し《オーバーテイク》がとても難しいこのサーキットで、それでもまだ可能性のあるコーナーについて念を押しているのだろう。そしてデーデーが近くにいると知ったドライバーたちはまだコックピットに座らずに立ちつづけ、スタート地点の熱気は最高潮に達する。次いで、大公を含め、スタート地点やアルベール一世大通り沿いのスタンドにいるすべての関係者が、来るべき時を待っていると、順々に、思いがけず黙ってしまう不思議な瞬間が訪れた。周りの人が突如話すのをやめたので自分も黙り、それが連鎖して、起こるはずのない、思いがけない静寂を観客の間に広げてゆく。何かが起きていると考えて誰もが言葉を飲み込む、火よりも速く広がる静寂が聞こえそうで、それがあまりに印象的なので思わず敬

＊1　一九六〇年代に活躍した自動車レーサー。チーム・ロータスのドライバーとしてF1グランプリを通算二十五回制する。一九六八年四月、F2選手権で事故死。

意を払って黙り込み、何を話していたのかもすぐに忘れて、ただ周りの人たちと同じように静寂を聞いていたいとだけ願うようになる、だが本当に静かだったのは数秒のことで、集団でものも言わずに遠くの物音に耳を傾け、大勢が集まる時にたまに発生する何の意味もない瞬間にすぎず、再び話しはじめてもいいということが結局明らかになる。その間ジャック・プレストンは、空気抵抗や熱、またその両方の影響でレース中にガムテープがはがれればロータス49がガムテープ片をはためかせてモナコの市街地を走り回ることになり、そうなればレーシングカーにガムテープを貼りつけて競争するよりもさらに侮辱的だと考え、水平方向に貼ったガムテープの端を覆うように、二本のガムテープ片を垂直方向に貼り、ドライバーがそこに手を入れることができそうな穴が開いているかのような、かなり見苦しい黒い四角形を車体に作った。その後スタンドから見える車体の反対側にも同じことをし、その時初めてジャック・プレストンは、春やアスファルト、人々やマシン、興奮、ゴムなどの香りの中に、グランプリ開始直前の独特な雰囲気の中に、そのにおいを嗅いだ――燃料のにおいだ。それは短く、ほぼ無意識に感じられ、わずかな気づきは再び頭から消え、ジャックは口の中に嫌な後味を残しながら歯でテープを噛みちぎり、車体の左側にも黒い四角形を作る、周りでは今度は観客を黙らせるものではないが、また空気が張り詰めた。それはまるで、磁場が生じて大通りやスタンド、バルコニーを押し動かすかのようで、誰もそれから逃れられず、大半の人にはデーデーはまだ見えていないにもかかわらず、皆が同じ、輝かしい方向に顔を向ける。そして人は黙ることなく話しつづける、人々はほとんど強迫感に捕らわれ、お互いの話を聞くことなく、あるいは自分の発する言葉も聞かずに話しつづけている――彼女の気配に、自分の威厳を示したいものの、どんな態度を取ったらいいのか決めかねているのだ。デーデーはお供を引き連れ、埠頭辺りからサーキットに入ってくるに違いなく、報道写真家や芸能レポーター、カメラマンたちは彼女の邪魔をし、ボディガードたちに脇に押しやられることだろう。スタンドからデーデーコールが上がる。彼女は数人のドライバーに声をかけ、はにかみながらも熱心にレーシングカーについての説明を聞いていたが、すぐに飽きて魅力的な笑顔とともにまた別れを告げる。髪をかき上げたり、無造作に揺らしたり、あるいは顔を少し傾《かし》げて髪を片方に寄せることで長い首が露わになるが、それらの仕草はとても地味で控えめで、まるで寝起きの少女のようだ。彼女はスタートラインに向かいゆっくりと歩き出し、ハルが――こういうことをさせると彼の右に出る者はいない――デーデーの頬にキスをし、それを見ていた皆が浮かれ騒ぐ、去年あるパーティで女装し、ピンヒールパンプスを履いてテーブルの上で踊り、割れたワイングラスの脚を踏んずけて転んだハルが、デーデーの頬にキスをしているが、彼女のほうは、彼が生まれついての紳士かどうかをきらめく目をして見極めている。ジャック・プレストンは、人込みの中で彼女を一瞬見つめた、そしてスタンドに座っている女は、カメラに顔を半分隠し、最後の一枚を撮ろうとしている、燃料のにおいは強くなっていたが、デーデーの奇妙な行動に驚いた彼は、それに気づかないでいた。

彼女は彼を見ている。

彼にははっきりと分かった。

彼女は、人々の顔やカメラの間から彼を見つづけている。彼はロータス49のそばにぽつんと立っており、彼女は彼を見つめている。彼女は落ち着かない様子で、人垣の中に突破口を探し、わずかなすき間を見つけ、いくつもの腕の下からするりと逃げ、笑いながらお供たちから解放され、大きな足取りで大通りのほうへ、彼のほうへと出てきた。今日の午後、モンテカルロの街は非日常なのが当たり前なのだ。彼女は彼に見覚えがある、彼女がいたかどうか彼自身は覚えていないが、スペイングランプリか、去年のモンツァかスパ・フランコルシャンで見かけたに違いない。その時に彼女がいたなら彼は覚えているはずだが。彼女は彼に見覚えがあり、自身を解き放ち、彼のもとにやって来たのだから、とにかく彼の働く姿をどこかで見かけたに違いなく、それが公衆の面前で起こったものだから、彼の心臓は飛び出しそうになり、彼女の顔をよく知っていたので、本当に再会したようで、ロータスの向こう側で彼は手を差し伸べ、抱擁し、ひょっとしたらキスをするつもりでいたかもしれない。その瞬間は、彼女が腰を振って踏み出すステップの数歩分もなかった。彼女のとっさの逃亡に驚きながらも楽しんでいる報道陣を、彼は視界の隅に捉え、彼らが彼に見向きもせず向きを変え、走ってゆくのに一瞬のうちに気づいた。そしてジャック・プレストンは、デーデーが彼を見ているのではなく、彼越しにひとつの目標をめがけていることが分かりはじめる、彼はそれを見ていたわけではないが、大公がイスから立ち上がり、ロイヤルボックスの階段を下りようとしていることが分かった――後ろを向く顔の数々、デーデーの強ばった視線、ジャックを無視する報道陣――これらすべてがそれを示している、そして彼には、妨害されずに自然に大公のほうへ歩いてゆくためだけに、彼女はこのルートを選んだということ、彼女は約束事や外交儀礼を少しも気にしないということ、そしてロータス49とグランドスタンドの間に一番障害物の少ないこのルートから大公のもとへ行ったということが分かった。彼女はそういう女だから、皆に好かれるのだ。そしてカメラマンたちは、デーデーが飛び出したロイヤルボックスまでの最短の道を行き、その間に彼女はロータスの左後輪のところまでやって来る、そして彼女がしなやかなステップを繰り出しているその時に、轟音が、とてつもない、酸素に食いつく獣の叫び声が鳴り響く、まだ火にはなっていない火、熱の雲は無色で、強い日差しの中でまだ目には見えない――それはジャック・プレストンを背後から押し、彼を包み込む、そしてスタンドにいる女はシャッターを切ったことを知らない。彼のメカニックオーバーオールや髪につけたブリリアンティンが、まだ壁の役目を果たし、荒れ狂う熱と隣り合わせに接して拮抗している、まさにその瞬間、ジャックは腕を伸ばし、デーデーをすばやく掴《つか》み、彼女に覆いかぶさる。ふたりは広告パネルのほうへ吹き飛ばされ、彼の頬は彼女のそれに押しつけられ、彼は叫び、その叫び声が彼女のそれをかき消す。サン・デボーテの欄干に腰かけ、白いシャツを腕まくりして着ている男たちは、遠くで大騒ぎが起きているのを見て、獣が食いつくす轟音を聞き、クラークのロータスから十メートルもの高さに黒く長く立ちのぼる煙を目撃する。彼らは原因を知らないが、アルベール一世大通りの上に厚く黒い煙が長く立ちのぼるのは見えている、そしてその下の激しい紅蓮の炎は紛れもなくすさまじい火だ。

第二部　オールドステッド

1

そう長くはかからないだろう。ある種の出来事には、必ずその続きがある。ジャック・プレストンが経験したこと、彼が言うには神のご加護により生きのびたことは、その類の出来事だということに議論の余地はなかった。

この考えは彼に大きな興奮をもたらし、様々な感情が優劣を競って戦った。朝は将来への渇望が優位に立つ。夜には地中海の陽光が弱まるとともに病院の廊下に静寂が訪れ、彼に恐怖が忍び寄る。何日も落ち着かない日が続いた。看護師たちはこの男はどうやって痛みに耐えているのかと驚いた。モルヒネを投与する必要はほとんどなかったのだ。

そのうえこの英国人男性は礼儀正しく慎み深く、おとなしく治療を受けた。彼がニースの病院に搬送されてからの数週間、自分の置かれている状況に対する不満を看護師たちは聞いたことがなかった。毎晩腹這いになり、寝返りを打てないようにくるぶしと膝下をひもで縛られて眠らなければならない不便さにさえ、文句を言わなかった。あるいは頭頂部から臀部におよぶやけどのために、イスや便座に座ることができないことにも。

彼がこんなに強くいられるのは、死に直面したからだと看護師長は断言した。彼は何事にも適切な見通しを持ち、取り返しのつかない傷を負ったことにもそれゆえ落胆することはなかった。

2

彼の信念の裏づけは、ジャーナリストという形を取って現れた。看護師たちの中で最も背が低く、感受性の強い目をした、英語が少し話せるマリーという若い女からその男の知らせを受けた。ジャーナリストが彼を訪問したのは事故から五日もたってからだったが、ジャック・プレストンはベッドから離れられる状態ではなかった。頭と足だけを出した状態で、上からシーツをかけた金属製の檻のような寝台に収容されるという窮屈な状態にあることを暴露されるよりも、無精ひげを生やして写真を撮られるという想像のほうが、彼をうんざりさせた。同時に、この写真はおそらく新聞に載るだろうが、そうでなければ大衆的な週刊誌に掲載され、人々に強烈な印象を与えるだろうと彼は分かった。

ジャーナリストはマリーがジャックの見えるところに置いたイスに座った。短い対話の間、ジャックはどんな人物と話をしているのか分かるように、彼に頭を少し傾けてほしいと、つまり、互いの目をまっすぐに見られるように、頰を枕に乗せているジャックと同じように、まるで隣のベッドに横たわるように頭を少し傾けてほしいと、男に頼むことはしなかった。彼は優れたジャーナリストに違いないと、引っ張りだこで、仕事に追いまくられ、そのためスーツをクリーニングに出す暇もないのだと、ジャックは確信した。できる限り彼の家の近所の、飾り気はないが食事をするには都合のよい大衆食堂で会う約束をせざるをえない——少なくとも、彼が病室に入ってきた時からまき散らしているにおいがそれを証明した。それから洗っていない長い髪を顔にかからないようにサングラスで王冠のように留めている様は、奇矯な芸術家のように見えるが、ただ単にジャーナリストたちの間で流行っているのかもしれない。

3

マリーはベッドの枕元近くに座り、彼には彼女の顔は見えなかったが、膝に置かれた手は見え、その手はまるで彼女のものではないかのように、インタビュー中ぴくりともしなかった。彼女の不屈の集中力とは裏腹にインタビューは順調には進まない。ジャーナリストが話した長文は記事の見出しのような二、三の英文に置き換えられた。通訳中にむしろ口論ともいえるような会話が別のフランス語で話される。マリーは冷静さを保とうと努めたが、男の傲慢さが彼女をイライラさせたのは、ジャーナリストが質問したあとの中断がだんだん長くなったことからも明らかだった。ジャック・プレストンは彼女を助けようと、出来事の状況を分かりやすくゆっくりと話した。

ある時ジャーナリストが首を横に振った。手帳を内ポケットにしまい、膝に肘《ひじ》をついてうつむく。ジャーナリストが何度も繰り返しているある言葉を訳すのにマリーが手間取り、男は初めは誠実に自力で何とかしようとしたが、徐々に不満を抱いて不機嫌になり、しまいには形容しがたい冷笑を浮かべると、後ろへ寄りかかり、脚を組んでイスの背もたれに一方の腕を力なく下ろした。

マリーのあいまいな通訳からおしはかり、ジャック・プレストンは彼が一度言った言葉を使った。「ボディーガード?」その瞬間、ジャーナリストは腕と指をぴんと伸ばしてジャックを指さし、熱狂的にうなずいてこう言った。「ユー。ユー」彼は発砲された弾丸の前に飛び込むまねをした。ボディーガード。

ジャックはさっき話したことを繰り返した。もしかすると一度目はマリーが誤解したのかもしれない。言葉を聞き逃したのかもしれない。彼はボディーガードについてそれ以上話すことはできなかった。パイプ内の圧力が弱まり、燃料がデーデーとジャックめがけてロータスから吹き出さなくなった時、ボディーガードは火元からふたりを大公のいるスタンドのほうまで引きずり出した。ボディーガードの名を彼は知らなかった。

ジャックが頬をつけて横たわっているこの状態で判断した限りでは、ジャーナリストはマリーが話し終えたあと聞き知ったことに大いに感動していた。深いため息で沈黙を破り、ある種の信じがたさからかろうじて首を振って何も言わずに立ち上がり、マリーと握手を交わし、ジャック・プレストンにあいさつ代わりにさっと目をつぶった。

4

それが平手打ちのように襲ってきたのは午後の遅い時間だった。今朝、ジャーナリストが帰ってからというもの、ジャック・プレストンは何かを見落としているという思いを拭いきれずにいた、記事に関して何か重要なことを。彼が忘れたのではなく、ジャーナリストが――写真だ……。

その間にマリーは帰宅していた。このことについてマリーより英語のできないほかの看護師と話をするということは、無駄なことのように思われた。

彼は長い廊下に響き渡るすべての足音に耳をそばだてた。ジャーナリストもこの手抜かりに気づき、今夜二度目の訪問を行うべく今ごろあらゆる手を尽くしているだろうという漠然とした予感は次第に確信へと変わっていった。

時間がたつにつれ、どんどん静かになってゆく。彼はすべての見舞客が通る、さらに先にあるドアの音を聞き分けた。わずかにきしんだドアクローザーがドアをかすかに振動させ、枠に当たってかなり大きな音を立てた。午後八時を回るとドアが開く時に内部のゼンマイが広がる音でさえ聞き逃さなかった。ドアが開くたびにその手が慌てたジャーナリストのものではないかと考えた。

翌日、朝食を下げたあと、マリーはベッドから腕ひとつ分の距離にかがみ、透き通った目でもの問いたげに彼を見つめた。そして彼は話しはじめるうちに、ジャーナリストはカメラマンではないことに気づいた。なぜ今になるまで考えつかなかったのだろう？　当然ジャーナリストは写真撮影をしない。雑誌社はプロカメラマンをよこすだろう。光や色にこだわるような。

職人を。

少し弁解するようにマリーに自分の考えを伝えようとした。彼女は愛想よく微笑みながら話に耳を傾け、彼が話し終えるまで微笑み続けた。彼女はカメラマンについて説明したいことがあったようだが、さっきより強い口調で彼はマリーの言葉をその前に遮った。マリーに自分の近視眼的なところを悪く思ってほしくない。もちろん彼の体調が最優先で、写真撮影ができるのは病院が雑誌社を受け入れることができると医師が判断してからのことだということは、彼も理解していた。

5

モーリーンは一度見舞いに来た。チャップマンが交通費と宿泊費を払った。

彼女は、まさに五時間前に初めて飛行機に乗り込んだ時と同じように、おずおずと病室に足を踏み入れた。夫にキスをし、何も言葉を発することができなかったためもう一度キスをした。彼女の唇は乾いて荒れ、鼻はひどい風邪にかかったように赤くなっている。夫が頼むからもうこれ以上泣かないでくれと言うと、モーリーンは感情が抑えきれなくなって嗚咽《おえつ》がこみ上げ、イニシャルの刺繍つきのレースで縁取りされたハンカチに、両手で鼻を押し当てながら身体を折り曲げて顔をうずめた。彼女は彼から二、三メートル離れて立っていた。

彼は起き上がり、檻から身体をよじらせてベッドを這い下りた。念のためにモーリーンの手を少し摑んでこう言った。「背中は触っちゃだめだ」そして彼は妻を、農夫コリンを介して顧客になったマイクロバス三台とトラック一台を持つ工務店の娘で、隣村でお針子をしていた、モーリーン・コックスウォルドを抱きしめた。

しばらくして、モーリーンは膝をそろえて座り、コーヒーを飲んだ。彼はすでにできるようになったことをやって見せ、病院が寝静まってからしている、彼が言うところの神に話しかけていることをモーリーンに話した。彼女の前にひざまずき、かかとに尻をゆっくりと沈める。彼は肩の力を抜き、これも座るということだとふざけた。

モーリーンは笑わなかった。

この位置から、イスに浅く腰かけてぴんと張ったモーリーンの尻が見えた。彼は彼女の太ももを支えにして再びまっすぐに立ったが、みだらな思いを頭から締め出すのにてこずった。

6

その後の数週間は誰も見舞いに来なかった。ジャック・プレストンはさらに回復し、病院の廊下を根気よく歩けるほどかなりよくなった。彼はこの仮の環境に守られていた。たまに別人のような自分の姿にちらりと目をやった——彼はミイラと化していた——まるで渓谷にビュンと落下して傷を負ったまんがの主人公のようだ。だが、顔に包帯は巻いていなかった。彼だと分かる写真を撮ることができたのに。見事な夜景をバックに彼は窓辺でポーズを取った。

おそらく編集者はデーデーの写真を選んだのだろう。雑誌の読者は常にデーデーの写真を、とりわけモンテカルロで起きた目を見張る事故当時の彼女の写真を好んだ。本当にかすり傷ひとつなく、金髪がほんの少し焦げただけで、グランプリのスタート地点で起きた猛烈な火災から奇跡的に逃れた彼女の、そんな画像を、世間は好んだ。彼女のほうが有名で、スターだ。ロイヤルボックスの階段でモナコ大公に励まされているデーデーの写真に、オールドステッド出身の、包帯でぐるぐる巻きになった整備士は太刀打ちできなかった。

7

ニースの病院に入院していた四十三日間、ジャック・プレストンはじっくりと考えることができた。事の真相についての報道は彼をがっかりさせた。マリーのいくつかの発言とモーリーンの心を打つ手紙に基づき、自分ではなくデーデーのボディーガードがヒーロー扱いを受けていると彼は判断した。その男が公衆の面前でデーデーを〝火災から救出〟したのだと。救出について彼の関与にも言及している報道がないか見つけようと、無駄な努力をした。あるいは自分の名がどこかに出ていないかと。

失望は彼の気持ちに影響しなかった。

彼はデーデーを当てにしていた。奇妙なことに、ほぼ間違った考えによって意気揚々としていた。たび重なるマスコミの不正確な報道をデーデーは不快に思うだろう。彼女は黙っていないだろう、そして誰が本当にアルベール一世大通りで炎の中から自分を救ってくれたのかを世間に公表し、温かい感謝の言葉を述べるだろう。

8

チャップマンには特別な設備の整った飛行機はあまりに高額で、こうするよりほかになかった。普通の救急車ですら大金がかかる。アルフィーはガス溶接機を誰よりも上手に使いこなす。ジャック・プレストンがうつぶせの状態でイギリスまで戻れるように、ある日の午前中に彼はロータスのマイクロバスを一台改造した。

ほかの機材に囲まれて荷台にいると、ジャックは自分が高価な機材のように、チームの真の一員になれたように思えた。この感覚は最初の給油後に、同行した看護師が当たり前のように助手席に、運転手でアルフィーの隣人の甥だと自己紹介した、若くてたくましい男の横に座った時に強くなった。この男がのちに友人や妻子たちにその話をしても誰も信じないだろう。だが彼は確かに、バスの後方に即席で作ったベッドにジャック・プレストンを乗せ、オールドステッドまで連れ帰ったのだ。

彼女は第二次世界大戦中も看護師として仕えたことがあり、めったなことでは慌てないようにも思えた。何キロメートルもの間、彼は彼女のたるんだ皮膚がくるぶしの辺りで靴下のようにだらりと垂れさがっているのを見ないようにした。

彼女は期待どおり、まさに熟練の看護師として迅速かつ精力的に動いた。フェリーの中でけがの手当てを受けた時の痛みは、その後数日間経験することになるモーリーンが担った手当ての時の痛みよりも、おそらく激しかったが、同時にまだ耐えられた。最初に看護師が手当てした時は痛みで胸が膨らみ、彼は命が血管の中で逆巻くのを感じ、次にモーリーンが手当てした時は身もだえて、愛玩犬のようにせわしく呼吸した。彼の気を紛らわせるためにハミングしながら、だんだん慎重に、ゆっくりと、モーリーンは人差し指と中指に包帯を巻き取ってゆき、十二時間後には繊細な、新しい皮膚のように彼の身体の一部と化した、直接傷を覆っている包帯の最後の部分に達した。

9

彼女は有料橋のたもとの、村人たちから見えないところで彼を待っていた。

「お帰りなさい」彼女は鼻先を彼の目元に優しく押し当てた。ふたりは開いた荷台のドアの間に立っていた。彼女はささやいた。「お帰りなさい」

有料橋は村に通じる、最もよく使われている入り口だ。六年前に、最後の番人がある夜ひどく酒に酔って川の中をよろよろ歩き、滑りやすい斜面で摑むものがなく、腰につけていた小銭の詰まった重いがま口財布のせいでゆっくりと川底に沈んでからというもの、通行料は徴収されなくなった。

もうひとつの入り口はやや北寄りにあった。凄まじい水流が岩石を深く浸食し、その先は次第に緩やかになり広い河口部へと向かう、川の湾曲部にかかる中世に建てられたシャープな小さい橋だ。村から約八マイルのところにあり、対岸の二、三人の羊飼いが、羊の群れを高原の痩せた牧草地へ向かわせる時に使うくらいだ。

この有料橋を通るほぼすべての車はオールドステッドに向かい、渡した板を派手にガタガタと鳴らしてその到着を告げる。家々の後方に高原の切り立った壁面がそびえ立ち、外耳の役割を果たしている。夜には誰にも気づかれずに川を渡ることはできない。

村には一本の長い道があり、手前から近づくと唯一のパブ、ブラック・スワンがまず見えてくる、反対側から近づくと、赤さび色の墓石と十字架に無造作に囲まれて、道の上に五メートルほどそびえる、地平線を見つめるようにして建つ人目を引く陰気な外観の教会と、朝には木の中でスズメたちがけんかをしている、深緑色の二本のイトスギが出迎えてくれる。

10

オールドステッドもうだるような暑さになり、風はまったくなかったが、田舎家のキッチンは冬のにおいがした。モーリーンは窓を開け放ったが、特に効果はなかった。彼を歓迎し、元気づけるために、ニースでは食べる機会がなかった彼の好物、シェパーズパイを作っていた。

彼を見舞うために荷造りをした時から、彼女はすでにその計画を温めていた。病院での何気ない会話だけで計画は確固たるものになり、それ以来物思いにふけると無意識に指でいじっている、首にかけている金のキリスト十字架像のように、その考えを大事にしてきた。

マッシュポテトでふたをしたところにフォークを突き刺して中の挽肉まで穴を開けると、湯気が彼の顔まで上がってきた。彼女は一時間前にはオーブンから取り出したのにと言った。三口食べると汗が噴き出した。木のテーブルを挟んで向かい合わせに座り、彼女はもう少し待ってもいいと言ったが、彼はこれが一番おいしい食べ方だと言った。そして夫は妻にこれまでしたことのなかったウインクをした。

タバコを吸うには暑すぎた。イトスギの木陰で彼は吸いさしのタバコを足指の付け根で草に押しつけてもみ消した。靴底を腕木で引っかき、息苦しい暑さの木造のポルチコを急いで通り抜け、ひんやりとした教会に向かって歩く。

ジャック・プレストンは母のためにロウソクを灯し、母がこの状況を見ずに済んでよかったと思った。それから父のためにロウソクを灯した、父についてはどんどん記憶が薄れてゆき、今日のような午後、庭でキンと冷えた井戸水を手に息子のあとをついて回るその姿しか思い出せない。祈りのあと聖母マリア像に視線を注ぎ、身廊中にはっきりと聞こえたデーデーの名が、彼自身の口から洩れたことに驚いた。

彼が乱した平穏は、二度と元に戻らないように思えた。

11

あの最初の夜、ベッドの中で、何が起きたのかふたりともよく分からなかった。

いつもは彼女が彼を抱きしめる。

いつも彼女が彼を引き寄せる。時々キスをし、たいていすぐにそれぞれの感覚の中に消えてゆく。彼は彼女の枕に顔を押しつけて想像を膨らませ、彼女は少し後ろに頭をそらして天井の梁《はり》を見る。彼は息を切らし、彼女は小さな悲鳴を上げる。

今は彼を抱きしめることができなかった。

彼女の驚きは大きかった。

それは彼女の手によって引き起こされた。まるで彼を受け入れるというよりは拒絶しているように思われそうで、手をシーツの上に置いたままにはしておきたくなかった。彼にそういう印象を与えると考えただけで、自分の内気さに対するいつもの自己嫌悪に陥った。彼が完全に彼女に重なった時、モーリーンは何も言わずに夫の尻に、脚と尻の境でやや内側に傾いた丸みの下に、両手を置いた。それは彼女の手だった、彼の尻に置かれた彼女の手によって引き起こされた。

実際には何をするわけでもなく、手はただそこに置かれ、彼に合わせて動いていただけだが、ジャックにはモーリーンが促しているように思えた。

彼は驚いて肘をつき枕から顔を持ち上げ、腕を支えにして彼女の目を見た。彼女はじっと見つめ返した。一年で一番長い日が暮れる中、彼は視線を下にさまよわせ、ずっとその手を感じながら、骨盤の律動を軽く緩めて、彼に起こっている、ゆっくりとした、溶けて混ざり合ううねりを眺めていた。

圧倒されて彼女が手でさらに激しく摑み、彼の尻にしがみついたことで、彼には彼女がもっと速くと促しているように思えた。激情がこれまでにないほどかき立てられ、完全に打ち負かされた彼女は、ついに彼のこれまで決して触れることのなかったところを指先で軽く触れた。彼女が小さな悲鳴を上げることはなかった。突然すべてのものからはるかかなたにいて、彼女の知らない世界を、果てしない空間をさまよっていた。彼女は息を切らして自身の帰還を待った。

少したってから彼女は幸せのあまり静かに泣いた、なぜこれまで何年も子宝に恵まれなかったのか、もしかすると今、彼女はその答えを見つけたのかもしれない。

彼は枕に頰を乗せ、うろたえて窓越しにすっかり暗くなった空を見つめた。いったい妻に何が取りついたのか。

12

農夫コリンの仕事場ではツバメたちが刺すような甲高い鳴き声を上げながら倉庫の間を縫って追いかけ合っていたが、かんしゃくを起こしているのかじゃれているのかよく分からなかった。遠くの、丘の反対側に上がっている土煙の下で繰り広げられる、農機具のエンジンの合唱を彼は聞いている、それはまるで気高い聖歌隊のようだ。ビリーは畑を見張っていた。長いチェーンを目いっぱい伸ばした先に、慣れ親しんだにおいをすでに嗅ぎ取り、毛むくじゃらの尾を大きく振りながらジャック・プレストンが視界に入り、自分のもとに歩いてくるのを待ち、それから一度吠えて仰向けになり撫でられてじゃれた。

彼が左側の門をレールに沿って引っ張った時、片づけられた作業台から直近の過去の影が逃げ出した。換気して光を当てたことで時が再び動き出す。仕事場に一歩足を踏み入れた時に、きのう有料橋のところで感じたのと同じ感覚に襲われた——目には見えないけれど、何かが、変わったのだ。モンテカルロに向けて発《た》つ前に道具を片づけ、南京錠をかけた時にあった彼の人生は、もうなかった。まったく同じように見える、どんなありきたりなものでも、もはや彼のものではなくなっていた、どこかが違った。

13

彼は注文帳を開き、現在準備中の大仕事について確認していた。オールドステッドの隣村で、川のこちら側から七マイルほど下ったところにある、リトル・ハブトンの郵便局に思考がそれた。彼は郵便局に寄っていこうかと考えた。ある送付物が、どんなものであれ、これまでオールドステッドに配達されたことがないからといって、届けられずに送り返されることのないようにするためには、彼の顔を見せ、郵便局員全員に事故のことを思い出させるのが賢明だ。

ドライバーやレンチが並べられている壁に顔を向けていると、掘り込みピットの付近にある気配を感じた。振り返るよりも早く、それが誰かを理解した。彼は身動きせずに、ロニーがわずかに動くのを待ち、そして一気に振り向いた。少年はジャックを「わっ」と驚かせたかったようだが、言葉を発するのが遅れ、むしろ彼自身が驚いたような言い回しだった――その「わっ」はジャックが言わなかったのに、ロニーがびっくりして繰り返したものだった。笑いながら壁の隅にかかったクモの巣と天井の間を見上げた。ロニーはほとんど相手の目を見ない。
彼は目立つ耳と足を持ち、軟らかい口ひげを生やしているが、普通の少年と違ってひげは硬くならず、いつか大人びて見えるということもないだろう。聞いたところによると、決して表に出ることのない彼の母親ではなく、村のある女が、毎朝彼の黒髪を分け目が白く目立つほど、きっちりと梳《と》かしているらしい。彼は続けて三回、確かめるように、ジャックが帰ってきたと言った。「ジャックが……帰ってきた」彼のなで肩とは対照的に大きい、がさつな声で、言葉は二、三の塊となってのどにつかえていた——圧力がかかっているのが彼の首や目に見て取れた——突然、言葉は短いため息で緩くつながって塊ごと吐き出された。

14

ロニーは先天性の異常があり、知力は別として、顔にそれが最も現れていた。東洋人のような目と小さな鼻の下にある、不釣り合いなほど大きくていつも開いている口が一番目立つ。少年の厚くて濡れた下唇はあごに向かって歪み、上唇もかなりコントロールが効かない。ジャック・プレストンはいまだに慣れることができなかった——白っぽい歯茎に根元が黄ばんだ好き放題な方向に生えている歯、斑点のある舌は収まりが悪いため絶えず動いており、おそらくそのために時々下唇のほうへと伸ばしたくなり、必要以上に下唇が湿っぽかった。

思いやりがあってよく笑うロニーに、皆同情していた。鉱山の黒い粉で目の色が濃くなり、険悪な目つきをしたひ弱な彼の父は、彼が生まれてすぐに夜逃げした。

ロニーは毎朝出かけてゆき、寝る時間直前に母のもとに帰ってくる。時には周辺の畑や高原を超えて徘徊し、羊たちに紛れて居眠りしたり、牛たちの水を飲んだりした。だがたいていは村で、村人たちと過ごした。

それがどのようにして始まったのか、正確には誰も分からない。小さいころからロニーは皆の家に来ていた。何も言わずに表玄関や裏口から中に入り、イスに腰かけるか立ったままでいる。鍋の中を覗いたり、会話を遮ったり、ぞうきんがけをしなければならないのに彼がわきにどこうとしなかったりしても、誰も少年に腹を立てなかった。村人たちの家に五分なり、一時間なりいたかと思えば、いつも突然気の向くまま徘徊したり、庭で何かを探し回ったり、あるいは石段に座り大声で自分を責めたりしたいという欲求にかられ、あいさつもせずに、いつも笑いながら、後ろ手でドアを閉めて出ていった。

モーリーンはロニーに甘いものをあげる習慣があった。彼が大きな口を開け、クッキーやケーキを嚙み砕いている間、彼女は彼の手を握り自分の膝の上に置いた。見事な黒髪で本当にハンサムな少年だと彼女が言っている場面をジャック・プレストンは一度目撃したことがあり、その時ロニーは勝ち誇って彼のほうを見た。

ロニーとその訪問にさほど魅了されているというわけではない者たちも確かにいた。だが不運な少年はその巡り合わせに逆らわなかった。とにかくロニーは大半の村人たちが思っているより利口な少年ではないかと、彼を好きではない者たちのところには賢くほんの少しだけ立ち寄り、もしかするとほかの村人たちの前ではばかなふりをしているのかもしれないと、ジャック・プレストンは思っていた。

15

彼が仕事場でロニーを見つけた時、少年は立ったまま、まだ包帯が巻かれている彼の頭に向かって腕を上げた。二回「痛い」と言ったあと、数回「火事」と繰り返した、それは初め、まるで火がまだ消えておらず不安にさせるような響きだったが、徐々に声の調子がしつこくなってきた。ロニーは怒っていた。火に対して怒り、そして火がジャックに負わせた痛みに対して怒っていた。

ジャック・プレストンは彼を落ち着かせ、もうだいぶんよくなったんだと言った。

少年はクモの巣に向かって笑った。数秒後、彼はチャンスを摑んだ。ジャックが彼を気にかけることはそうあることではない。よくてロニーは、修理する車のハンドルの前にそっと這い入り、作業台の上が定位置のトランジスタラジオのアンテナを、海からの海賊放送の電波をキャッチするため窓に向け、一緒に聞くことが許されるぐらいだった。だが今、彼はチャンスを摑んだのだ。そしてそのチャンスは、その夢は一言で成り立っていた。

「コーティナ」

だがジャック・プレストンは首を横に振った。作業台に向き直り、ページを折り曲げた注文帳に再び没頭した。

16

ロニーの母を除き、オールドステッドの住人は週に一度はブラック・スワンに来ていた。だが常連客は片手で数えられるほどの人数しかいなかった。オールドステッド中の者が、誰がその五人なのかを知っていた。

彼らはいつも決まった時間にやって来た。ふたりは隅のレンガ造りの柱に半分隠れているカウンターの短いほうにいつも座り、ほかの三人は彼らにとってのいわゆる楽しみの源泉、ビールサーバーの前に陣取った。彼らはふたり組のノリスとブラントよりも若くて騒々しかった、ふたりはほかの客とは話をせず、グラスに泡の跡を残しながらいつもゆっくりと、同じテンポで軽く飲み、ほろ酔いを保ちながら、少しの間そこから逃れている外の世界をふたりして窓から眺めた。

ジャック・プレストンは平日にパブへ行く習慣がなかったが、土曜日まで、いや金曜日の夜までさえ待てなかった。彼は姿を見せなければならなかったし、そうしたかった、というのも彼が帰ってきたことを皆知っていたからだ。フランスから予定どおりに戻らなかった時、モーリーンがすべてを話したので、何もかも知られていた。

だが彼らは何を理解したのか？

彼が帰宅した際テーブルの上に記事の切り抜きがふたつ置いてあった。ひとつは新聞で、おそらく彼がすでに運ばれたあとで撮られたと思われる、彼の姿が見当たらない写真が載っており、彼がデーデーとともに生存していることは彼女のボディーガードのおかげだと記事は断言していた。

厳密に言えばボディーガードは誰も救っていなかった。

火が彼らに向かわなくなってから、ボディーガードはひとつも命の危険を冒さずに、ポマードをベッタリつけてカールさせた自分の口ひげをも守り、まずデーデーを、次に彼を、燃えているロータスのそばから引きずり出しただけなのだ。彼——ジャック・プレストン——がデーデーの命を救ったのだ。もしかしたら彼女は彼が関わらなくとも死ななかったかもしれないが、彼女の顔は炎上しただろう。そして彼の背中に広がる傷を見れば、彼が関わらなければ顔にやけどを負うだけでは済まなかっただろうということが分かる。

17

ジャック・プレストンがドアを閉めるや否や、ノリスとブラントが満面の笑みを浮かべて柱の向こうから出てきた。店に入る直前まで彼を襲っていた不確かさは、消えてなくなった。パブのオーナー、ボブはエプロンをかけ、ふきんを手にしながら、彼を歓迎するために持ち場を離れた。店の隅のテーブル席にいた村人四人は、ジャックが手を上げるとそれに応えて同じように手を上げたあと、肩越しにじっと見つめていた。奥の部屋から日曜朝の聖体拝領で顔見知りの人たちが出てきて、ノリスとブラントの周りに集まった。

ビールサーバーの前にはカウがリグビーとライリー、ヴィッカーズと並んで座っていた。ジャックはカウの自転車——カウが季節労働者として毎年農場で働いている数か月間、農夫コリンからただで借りている自転車といったほうがいいだろう——が店の外に立てかけてあるのを目にしていた。カウは優柔不断な大男だ。ジャック・プレストンはアルベール一世大通りでの事故について語っていた時、カウをかろうじて目の端に捉えたが、彼だけがグラスをコースターに置いていなかったことがジャックを不安にさせた。

話し終わったあと静けさが広がり、カウンターの後ろのシンクに蛇口から水滴が落ちる音が聞こえた。店の隅にいた誰かが拍手を始めた。ジャック・プレストンは誰でもそうするだろうということを、首を横に振りジェスチャーでほかの者たちを制止しようとしただけなのだが、拍手は引き継がれてブラック・スワンを埋め尽くした。それは純粋な拍手で、言葉も掛け声もなく、尊敬と称賛の拍手だった。

カウはグラスの底に残っていたビールをゆっくりのどに流し込んだ。彼だけが拍手をしなかった。そしてカウがグラスをコースターに置いた時、皆は彼が肩をすくめるのを見た。皆黙って成り行きを見守った。彼のこの仕草はリアクションを起こす前ぶれなのだ。

「包帯が見える」

ボブはパブのオーナーとして責任を感じ、カウに説明を求めた。

「包帯さ」カウは強調して言った。「俺には包帯が見える。分かるか？　奴の頭にはぼろきれがくっついてるんだ」

「それで？」

「そのぼろきれが何の証拠になるっていうんだ？」

つぶやかれた憤りがすぐにはっきりとした抗議になった。

「じゃあお前たちには何が見えるんだ？」

この問いが、このシンプルな問いかけが、大男によって確かに投げかけられても、皆黙り込んでいた。

「何とでも言えるさ。俺はその場にいなかったんだ。奴がデーデーをかばうところを見ちゃいない。お前たちはどうだ？」

ジャック・プレストンが両手で包帯の巻き終わりを探していることに、数人の客が気づきはじめたころ、前よりも激しい抗議と憤りが再び頭をもたげた。カウの言っていることは不合理だったが、ジャックは立証するものが何もなかった。

二、三分前とほとんど同じ身振りで、ジャックはこれらの感情を静めようとした。拍手が不要だったのと同じように、今彼らの信頼に応えてもかまわない——むしろどうしても応えてやりたかった。それと同時にこの騒動と彼の寛大さが村中で話題にされるだろうと考えた。

緑と黄のロータスエンブレムが王家の紋章のようにレターヘッドを飾っている一枚の紙を、彼の言葉を信じていなかった村人たちにパブで広げて見せた、二年前のあの夜のことを、誇らしげに思い出していた。

彼はボブに包帯をていねいに巻き取るように頼み、ドアのほうに向き直って包帯を解いた。その間ずっと頭がスースーするのを感じていた、そしてさっきまでかすかだった蛇口から落ちるしずくが澄んだ音を立てた。彼は包帯の先端を手にしていた。彼の後ろで女たちが食いしばっていた歯のすき間から音を立てて息を吸い込んだ時、ブラック・スワンに霧のようにかかっていた黒いタバコの煙が紙やすりのように繊細な皮膚を覆っていた。

「やけど」

カウは淡々と言った。

「今はやけどの傷が見える」

18

夜には前夜起こったことが繰り返された――モーリーン・コックスウォルドは両手を夫の尻に置いた。その効果に対して最初に感じた驚きが、ふいに貪欲な期待に取って代わった。

およそ中盤で、止まることなく、彼らは微笑み合い、一年で一番日が長い日の翌日に、青白い夜空の下で、オールドステッドのこの家のこのベッドで、ふたりははっきりと気づいた。

モーリーンは思うままに片方の手を自分の胸に置いて乳首を親指と人差し指でつまみ、その直後にジャック・プレストンは低く荒々しい声を上げて彼女の上にくずおれた。

その声が、彼の男らしさを象徴する声が、汗ばんだ尻や彼女が乳首を締めつけた時の彼の眼差しが、彼の体重が彼女の肺から空気を押し出した瞬間に起こったすべてのことに対する勝ち誇った思いが、彼女を今なお広大な向こう側へと連れていっていた。

19

毎晩ジャック・プレストンは火の夢を見ていた。運がよければ朝には夢を忘れ、呪縛から解放されたと錯覚し、そんな日は持ちこたえられた。

彼を焦がす火の耳をつんざくような唸りが――痛みと騒音が彼の細胞に溜まってゆく。夜は油断して細胞が蓄えたものを手放す。それが止まることはない。石のように固く身体を丸め、その石はだんだん熱くなり、一瞬彼の身体は攻撃を退けたが、徐々に敗北を認め、少しずつ肌をいけにえとして捧げながらとめどない熱に近づいてゆく。それは果てしなく続いた。

夢にうなされて目を覚ます時、彼は汗をかき身体を起こすというようなありがちな目覚め方をしない。ゆっくりと呼吸をしてモーリーンの隣に横たわっている。眠りから覚めるということは、目を開けるに過ぎなかった。それはまるで死が本当に彼に追い迫るようで、彼は最後の気力を奪われ、運命に耐え従う。

デーデーのことを考えて彼の鼓動が高まるまでは。

デーデーがカメラマンたちの腕の間で、愛くるしく魅力的な身のこなしで自由を探していた時、彼は大部分が髪で隠れた彼女の顔を見た。彼女はカーテンのように顔にかかる髪の間から彼を見ている。体勢を立て直す前にすでに彼女は彼をちらりと見て、このルートで大公のもとへと走ってゆくという自分のひらめきを考えて笑った。

彼女がステップごとにヒップを限界まで振ることができるのは、極上の潤滑油のおかげで関節がとてもしなやかに動くからだ。

彼女が自分のひらめきに笑みを浮かべたのは、何が起こるかを分かっているからだ。群衆の中を進んでいった全行程には意図があったのだ。レーシングドライバーたちのところで何度も立ち止まったのも、報道陣に足止めを食ったのも、まさに好都合だったのだ。そして彼女は大きな足取りでジャック・プレストンのもとに早くたどり着くために、人だかりの中からスペースを探さなければならないことも分かっている。

彼女を守ってくれる人の腕の中へ。

彼女の守護天使。

20

高原は快適だった。彼は目を閉じ、ひんやりした空気をゆっくりと吸い込んだ。今日は気持ちが軽く、思考は明るかった。広々とした平地を海風が何物にも邪魔されずに吹き渡り、生い茂った草は足首の高さよりも低く押さえつけられ、遠く下のほうに位置する、風の弱いオールドステッドとの気温差をはっきりと感じられた。見渡す限りに石垣がある。何百年も前からここにある。石垣は風景に溶け込んでいた。

春や秋に霧が出ると、誰もが高原を避けようとした。ジャック・プレストンはある朝それを経験した――どんな物音も近くで聞こえるように思わせる霧の中、彼から十歩も離れていないところに、いらつくほどゆっくりと、雪のように白い羊の姿が、ぴくりともせずぼんやりと現れた。こんなに白い羊はいない。どのくらい見つめ合っていたのかは分からない――しばらくして、かなり時間がたってから、羊は草を食むように頭を地面に近づけた。ジャック・プレストンは恐れて、身じろぎひとつせずに立ち尽くしていた。霧が羊を飲み込んだ時、恐怖が彼を本当に占領した。目の前にあったものが、霧の中へと消え、一分もたたないうちに再び見えるようになった周囲には、あの羊もほかの家畜も跡形もなかった、消え失せたのだ。

白雪色の羊。

羊の毛についた湿気と海辺の空気と塩の結晶――十分な説明がつかない。

白い羊のおとぎ話は、教会やブラック・スワン同様、村の一部だった。

ハスキー犬のおとぎ話もあった。

それらが現れると何が起こるか分からない。一方で遠縁の姪が死んだかと思うと、他方で子どもが生まれる。時には誰も死なず、そしてずっと子のない夫婦もある。収穫は全滅したが、坑夫はかろうじて窮地を脱した――その歩みを導く者、それは主だ。羊でも犬でもない。

休暇、そんな気分だった。オールドステッドに戻ってからの最初の数日間、彼はこれまでどおりの暮らしの中で、休暇を取っているような感覚だった。今ではどんな形にしろやがて別れが訪れることを知り、確実に変化するかりそめの現在が、過去のすべてに快いきらめきをもたらしていた。

慰めの休暇は実に順調だった。村人たちは彼がどんなに名を揚げようとも彼に親しげで、時には彼は道端で出くわした足を引きずって歩く者や、遠くから見かけたぼろを纏《まと》った者に同情し、心から思いやりをもって、彼を傷つけたことのある者でも皆許した。有料橋のこちら側に住む彼らの暮らしの素朴さに心を動かされ、遠い将来のいつか、この神の恩寵を受けた状況を郷愁に浸りながら振り返るだろうということを、時を超えて、朝、胃の辺りに感じている。

だがそれはいつも長くは続かなかった。

彼は再び楽しい休暇気分に浸り、モーリーンが夕食の支度を終え、一日が無事に終わるころには、未来に待っているであろうブラインドコーナーを、楽しみに思うようにすらなっていた、そのかりそめの幸運ゆえに、彼は勇ましくも待ちかまえる、まるでレーシングドライバーの中でも特に勇敢な者たちが、フルスピードでコーナーを曲がるごとく。

21

モナコ以来三つのグランプリが行われた。アルデンヌのうっそうとした森の中にある、F1カレンダーで最も美しいスパ・フランコルシャンでクラークは優勝した。

彼には誰も連絡をよこさなかった。ブランズ・ハッチで行われるイギリスグランプリの準備で、チャップマンとアルフィーがとても忙しいことは間違いなかった——チームにとって一年で一番重要なレースだ。

ラジオのニュースを聞いていたジャック・プレストンは、なんと早く物事が展開してゆくのかと驚かされた。モナコの次のグランプリ、スパ・フランコルシャンの時にはすでに、レポーターたちは注目すべき実験について言及していた。複数のチームが――ジャックが知っていたロータスだけでなく――この技術をひそかに開発していた。それは、前方にもある場合が多いが、レーシングカーの後方に、一メートルから一・五メートルの長さの細いパイプにウイングを取りつけるというものだ。その技術がこのスポーツを永久に変化させるかもしれない。車の上を滑る空気が、車輪にかかる抵抗を大きくする。車両が安定することで一周をより早く走ることができる。見た目は悪いが、フィニッシュには関係なかった。

聞いた話では、次のグランプリで、少なくともこのもろい形は再び禁止されたようだ。長いパイプが圧力に耐えられないか、あるいは圧力が常に最大限になり、ハイスピードで走行するとサスペンションに固定していた箇所が折れ、それが突然抜け落ちれば車両は操縦不能に陥る。ドライバーの運がよければ、ストローバリアか数少ないガードレールに当たり、両サイドにある燃料タンクは無傷で済むだろうが。

ザントフォールトで撮影された、新聞に載っていた相変わらず新しくモダンな色――赤、金、白――のロータス49の写真で彼は分かった。この間に、車体に広告を載せることが許可されたにもかかわらず、船乗りはユニオンジャックに場所を明け渡したようだ。あるジャーナリストによると、一九五〇年代後半にガラジスタが始めてから、ドライバーとエンジンのシリンダーの数が若干増えたことを除くすべてが常に同じだった時代は、急激な変化によって終わりを告げた。広告収入とテレビ放映権料で、チームはスポーツに新たな命を吹き込む手段を手に入れた。エキサイティングな時代が、今F1にもやって来た！

22

壁にかかった仕事道具の前に立ち、作業台の縁にもたれながら、彼はザントフォールトの砂丘にいた。スパ・フランコルシャンの針葉樹の中にいた。しゃがんでロータス49をいじる彼は、包装を解いたばかりの、折り目がはっきりと四角形についた、メカニックオーバーオールに身を包んでいる。仕事が最優先なのは当然のことだが、彼は作業をやめることなく、時々視線を上げた。あいさつ代わりに背中をポンと叩かれることがなかったのは、皆それを知っていたからだ——背中は叩けない。彼は仕事中だったため、ほとんどの者が彼の二の腕に軽く触れた。整備士たちやエンジニア、チームオーナー、そしてすべてのドライバーがすれ違いざまに彼を称え、励まし、祝福し、彼が自分たちの仲間であることの喜びをなんらかの形で表現した。彼に関心が注がれるのは当然のことだった。あのチャップマンみたいにケチな者が彼に十分支払っているのか？　という声が大げさに響き、車両の向こう側にいるチャップマンに聞こえるように野暮ったいウインクとともにジャックの頭上を飛び交う。あらゆることをわざとらしく訴えたおかげで、希望の扉がわずかに開いたようだった。

23

掘り込みピット上の車から突然ロニーが飛び降り、その反動でタイヤが揺れた、そして外にいるのは誰かと大声で聞いた。その時ジャック・プレストンは彼の名が呼ばれるのを聞いた。フルネームで呼ばれるとは、改まった用件で重要なメッセージなのだろう。彼がピットから這い出てラジオのボリュームを下げている間、ロニーは開け放たれた門の前を興奮してぐるぐる走り回っていた。

ボブがよこしたリグビーは、大きな倉庫が建ち並ぶ荒れた敷地内に黙って足を踏み入れるのが怖くて、伝言を大声で叫びつづけていた。あの忌々しい動物はいつもチェーンに繋がれているわけではなく、どこから飛んでくるか分からず、彼はジャックの名字をすばやく大声で叫び、それはまるで犬にその場を動かないようにさせる迫力に満ちた怒鳴り声だった。

リグビーは柄にもなくジャックと握手を交わした。

この機会にボブがささやかなパーティーを計画していることを彼は知っておくべきだという。ブラック・スワンでテレビ番組を見るために村人全員が招待されるとのことだ。そして彼、ジャック・プレストンは当然その場に欠かせないというのだ……。

彼は予告を見ていないのか？

デーデー。

彼女は次の金曜日、エドモンド・キングスリーのトークショーのゲストだ。ロンドンで撮影予定の新作映画の主演を務めるらしい。四十分の番組でデーデーの独占インタビュー……！

キングスリーの番組？

夜はいつもテレビ棚の扉は開けてあるが、彼は気づかなかった。ロニーの髪の分け目についているフケを眺めた。少年は彼らの間でふたりを交互に見つめた。

キングスリーの番組で。

今週の金曜日に。

デーデーが。

24

ジャック・プレストンは呆然としながら、あと二台の車を修理した。親指をけがした。あまりの放心状態に悪態をつくこともできない。彼はコーティナのノーズブラさえ外してしまった。ロニーはこれをちらりと見ただけであまりにも嬉しくなり、身体を上下にゆすってから両目をぎゅっと閉じ、至福の笑みを浮かべてジャックに飛びついた。抱きしめられた痛みで正気に返った。彼はロニーを家に追い返した。ジャックの怒りを気にも留めず、少年は笑いながら村へと帰っていった、ロニーの腕は肩についている重りのようだった。

ジャック・プレストンは教会の最前列の座席でひざまずいた。神との対話は前述の出来事のために独特なものになった。

頑丈な建物の中で神聖な穏やかさに包まれ、彼はその長い静寂とひとつになる。どうして彼は、デーデーのような人がモンテカルロでの出来事を郵便物で済ませるだろうと考えたのか？彼女はこの間ずっと何かを企んでいたのだ。当然彼女には計画があるのだ――そのことを彼は決して疑わなかった。彼女はグランプリ終了後すぐに、取り巻きたちと話し合い、適切な答えを温めていた。できる限り多くの人に知らせることのできる、彼の功績に見合った答えを。各紙が彼女のボディーガードだと見当違いをする中、デーデーは辛抱強くチャンスを待っていた。キングスリーの番組を待っていたのだ。エドモンド・キングスリーと世界的に有名なセットの使い古されたソファー。

ジャック・プレストンは神の恩寵を感じた。

出血した親指をくわえながら、主の祈りを唱え、来週行われるイギリスグランプリに思いをはせていた。

彼は自動車連盟からグランプリに招待されるだろう。皆キングスリーの番組を見るだろうし、皆がキングスリーの番組を見たということは誰もが承知しているだろう。

番組で話題にのぼったジャック・プレストンとは誰のことか？　デーデーの顔を救い、番組本番中にデーデーの頬に涙を伝わせた男は誰だ？　観客はオールドステッド出身のこの男を知る権利がある。

スタート地点とスタンドで彼の名がデーデーの名とともに話題になるだろう。自動車連盟は彼を主賓として歓迎するだろう。多かれ少なかれＦ１に関係のある者は皆、彼と再会したことを喜び、まず彼と握手をしてから、デーデーと彼に同行してスタート直前にお決まりの視察をしている、派手な連盟の会長に関心を向けるだろう。ドライバーや世界チャンピオンたちからこんなにも愛想よく、心からもてなされた主賓はいまだかつてない。当然、お調子者のハルが、彼の前にひざまずくだろうということは想像に難くない。そしてその写真——王を前にした騎士のように、彼の前で謙虚にこうべを垂れてひざまずくハル——が朝刊の一面を飾るだろうということは、賭けてもいい。グランプリの優勝者がハルでなければ、優勝の記事はスポーツ面まで新聞をめくらなければ登場しないだろう……ハルとプレストンとデーデー。

彼は十字架のキリストへと視線を上げたが、像を見てはいなかった。彼の隣にはもうデーデーがいて、腕を組み、ふたりはスタート地点をぶらぶらと歩いていた。その前に一緒に何か食べよう。糊のきいたクロスがかかったテーブルについて。彼は頼まれてもいないのに大胆に彼女のグラスに水を注ぐ。彼のちょうど目の前で、食べ物を咀嚼《そしゃく》しながら彼女の唇がしなやかに動く。

彼は首を振った。

だがそうあり得ない話でもないんじゃないか？

深呼吸をしたことで、彼は自然と原点に戻った。金曜日。ブラック・スワン。キングスリーの番組のソファーに座るデーデー。エドモンド・キングスリー。彼はジャック・プレストンを、彼の言葉で事故のことを聞くために、そう遅くない時期に番組に呼ぶだろう。皆興味津々だ。そして彼の話を聞くだけではない。要求に応じてジャックはソファーから立ち上がり、番組観覧者やカメラ、そして茶の間に背を向ける。キングスリーは喜んでアシストに回り、しっかり仕事を果たすだろう。おぼつかないキングスリーの包帯の扱いに最初は笑いが起き、そして静寂。スタジオ照明の熱がもろい傷に当たり、火の遠い記憶を呼び起こす。

一本のイトスギの木陰で彼はタバコに火をつけ、一所懸命に吸った。それは彼をくらくらさせた。

彼は落ち着いていなければならなかった。

神は彼と共にあった。

家に帰るとモーリーンは、まるでそのことを数日前から知っていたかのように驚かなかった。彼はこのことをじっくりと考えた——それはありえない。彼女は食事の支度をしてグラスに入ったビールを彼に持ってくると、愛想よく笑いかけた。そしてささやいた。「わたしのヒーロー」

薄くて白いブラウスの両脇に暗い影が揺らめいている。彼はちゃんと見えているのか？　彼女は本当にブラジャーをつけていないのか？

彼女は自分の手のひらに、小鳥を乗せるようにして、彼の親指を置いた。とても慎重に指を明かりにかざした。けがの手当てをした。

彼女の眼差しは穏やかな満足でぼんやりしていた。

25

翌日モーリーンは彼にリンゴとバナナ、郵便物を届けた。

彼女は夜明けにリトル・ハブトンまで出かけ、ベールのように街を覆っている霧の中から頭を出して自転車をこぎ、市場へ行った。夏の気候らしく地平線は薄紫色に輝いている。道中あふれる歓喜を抑えることができず、それが思わず短い祈りになってしまった。夫と同様に彼女も、与えたり奪ったりしてバランスを取る、神の存在を信じていた。

モーリーンは自転車をこぐ自分の姿がどんなものか分かっていた――女らしく、背中やうなじ、肩やヒップを意識して、引き締まったふくらはぎとほっそりとした足でペダルをこぐ姿はあまりにも自然で、自転車が彼女の脚を動かしているようだった。

道を折れて海岸へ出た時、砂丘の上を飛ぶカモメの悲しげな鳴き声を彼女は聞いた。眠っているような穏やかな大海原を、自身の果てしなく大きな幸運と重ね合わせた。

26

片手に自転車を、もう片方の手に紙袋を抱え、彼女が開け放された門の前に立つと、日の光が背中に照りつけ、彼女のシルエットを浮かび上がらせていた。郵便物を持ってきたと告げる。郵便物とリンゴとバナナ。

夫が仕事場に自分がやって来ることを快く思っていないことは分かっていた。彼女はリトル・ハブトンの市場で兄に会ったことを話した。向こうでもキングスリーの番組にデーデーが出演するというニュースは瞬く間に村中に広まっていた。金曜日は数人の同僚を連れてブラック・スワンに番組を見に来るという。

「郵便物だって?」

「ええ、郵便物よ」

彼女は自転車を倉庫に立てかけ、袋から郵便物を取り出し、倉庫の入り口から腕だけを中に突き出した。

仕事場には彼以外誰もいないにもかかわらず、しかも彼はそんなことはないと何度も言っているのだが、彼女はいつも彼を困惑させる感じがした。彼には仕事が、それもたくさんあるが、五分も仕事道具を放っておけないほど忙しいわけでは決してない。タバコを吸う時はどうするんだ？　それとも働き詰めなのか？　ジャックがスズメバチに刺されたような反応をするので、彼女はもうずいぶん彼に質問も意見もしていなかった。最近ではもっぱら郵便物を届けに来るだけだが、時にはそれすら快く思われていなかった。

彼は郵便物を受け取るために彼女に近づき、フルーツの礼を言った。彼女に一歩近づかせると、彼女は聞こえるようにため息をつきながら鼻先を彼の頬に当てた。

「全部食べてね」彼女は静かに言った。「ロニーにあげちゃだめよ」

袋を持った手を突き上げて彼女に別れを告げ、彼女が角を曲がって見えなくなると、彼は封筒に目をやった。裏返しに持っていたが、その色で分かった――金、赤、白。新しいロゴマークの色だ。

ゴールド・リーフ・チーム・ロータス。

彼には違和感があった。

27

手紙は彼の知らない誰かが署名した、チャップマンの指令によるものだった。びっしりと書かれた三つの段落からなる長い手紙だった。彼は倉庫を出て、草が生い茂ったトラクターの前輪に腰かけて手紙を読んだ。こんな書き出しだった――敬愛なるジャック・プレストン殿。読み終えると穀物畑をしばし眺めた。オーバーオールの胸ポケットからタバコの箱を取り出し、一本火をつけた。タバコを吸い終えるともう一度手紙を読んだ。

彼は解雇された。

そこに確証はなかった。長々と書かれた手紙には、解雇という文字は見当たらなかった。書簡は自己憐憫に満ちていた。会社は様々な勢力、主に商業界に翻弄されている。競争の激しい時代を生き抜くため、モータースポーツ界をリードし続けるためには、致し方ない。イメージがすべてだ。先日の事件以来――これはモンテカルロの火災以外考えられない――チームは不利な状況にある。ゴールド・リーフ・チーム・ロータスが技術的才能と若々しいスポーツマン精神に対する誇りを取り戻すことができるように、バランスの取れた状態にするためには介入が必要だ。

ジャック・プレストンは最後の文を何度も何度も読んだ。

火災の責任を彼に押しつけているのだ。彼をスケープゴートとして荒野に送り込んだのだ。彼は年が行き過ぎていた。三十五歳で、髪にブリリアンティンをつけている彼は、この〝若々しい〟チームには不釣り合いだ。このメーカーが販売する若者好みのタバコにとっても彼は高齢過ぎた。

とにかく――彼は解雇された。

もう一本タバコを吸ってから彼はバナナを食べた。

ゆっくりと首を振り笑った。彼らは予告を見逃したのだ。デーデーがキングスリーの番組に出演することを彼らは知らない。今週の金曜日。ゴールド・リーフ・チーム・ロータスの担当者は間もなく髪をかきむしるはめになるだろう。辞職に追い込まれるだろう。イメージがすべてだ。

新たな手紙を、すぐに、メッセンジャーが届けに来て、イギリスグランプリのころには――そのころには彼の解雇を皆知っているだろう――ほかのチームの機先を制しようとするだろう。そこには今回の手紙のことは一切触れられていない。彼は〝最近最も尽力した者〟とみなされてもっと稼ぐようになるだろう。ドライバーたちとともに、チームの看板となるだろう。若者のモデルとして。

28

その夜、彼はエンツォ・フェラーリの夢を見た。

常に険しい表情をした、顔しか見えなかった。男は、派手な黒いフレームに青いレンズの色眼鏡越しに、まっすぐ彼の目を見た。そしてこう言った。

美を救うために火の中へ向かって行った彼は、フェラーリに所属するべきだと。

腕を伸ばしてジャック・プレストンの肩に手を置き、彼の意思表示を皆に記憶させるように周りを見渡した。

痛みはなかった。

朝食を取りながら彼はその提案を検討した。

一時的に国外に、マラネッロにある本社の近くに住むことになるだろう。一年のうち数か月間は。

おそらく契約の条件として、イタリアとの国境付近、フランスの地中海沿岸にでも、家を要求できるかもしれない、モナコから近い、ニース辺りに。天然石がふんだんに使われた、じゅうたんの敷かれていない床と、黄土色の壁の家。セミとトカゲがいる。

フェラーリの整備士たちはフェラーリに乗っているのだろうか？　もしかするとそうではないだろうが、エンツォ氏直々の頼みなのだから、彼は特別扱いを受けられないだろうか？

デーデーと彼女の友だちは彼をいろんな人に紹介するだろう。すぐに彼は、有名だけれども頻繁にマスコミに追いかけ回されることのない、大事な仲間たちとの比類なき地中海ライフを手に入れるだろう。彼らはモンテカルロの最高級レストランで会食する。カジノでも常連だ。彼は自分の出身を忘れることなく、カジノで彼のフェラーリを駐車する係の男に親しく話しかける。皆それぞれに独自の才能や功績があり、それが特別扱いを受けて暮らすためにEUの標語のように多様性の中の統合を可能にしている。彼らはこの特権を十分すぎるほど意識しているが気にしない。彼らは生き方を心得ており、惜しげもなく知恵を分け合っているのだ。

彼は仕事場の門の前で空想から覚めたが、それもつかの間、作業台のわきの壁に打ちつけられた地図の前に立った。地中海のあせた青色を見つめ、次いで公国を、その道を眺めた。サーキットになる道路はほかの道より広く描かれており、通りの名が活字体で大きく書かれていた。

アルベール一世大通り。

オステンド大通り。

ひとつずつささやくように声に出し、彼を待ち受ける世界に歓喜した。

29

終わってからジャック・プレストンは、彼に向けられた視線に気を取られることなく、家の居間で番組を見たかったと思った。家でならある言葉を発した時の彼女の表情を、すぐ近くから観察できたのに。

その夜は、朝日を覚ました時にすでに始まっていた。彼は一日中シリンダーブロックをいじりながら、ブラック・スワンやどこかのホテルの客室、午後にはロンドンのテレビ局のスタジオに思いを巡らせた。毛穴の汚れをごしごしと落としてから一張羅のスーツを着て寝室にある姿見の前に立ち、彼は包帯をもう巻かない時が来たと考えた。今後は頭を隠さずに傷を老兵の勲章のように背負ってゆく。彼は手鏡を合わせ鏡にして、両耳の間を走る頭頂部の細い線を見た。右耳だけは上部に引きつれた耳介軟骨が残っていた。正面から見れば後頭部やうなじにある破壊の痕は見えなかった。

モーリーンは彼にキッチンのイスに座るように命じて彼の襟に清潔なふきんの端を折り込んだ。彼女は血が固まって浮き彫りになっている傷に指先でそっと触れた。彼は何も感じなかった。彼女は彼の髪を刈り込み、身体を彼に熱烈に押しつけてきた。ブラック・スワンに向かう道すがら彼女はハイだった。自分の腕を彼の腕に引っかけ、彼女のヒップはその重みで軽やかな歩調に合わせて踊っている。彼がライターを探していると、彼女は彼のズボンのポケットに自分の手を深く入れ、そこで見つけたものに大げさに驚いた。

彼らの登場はまるで石が水の中にどぼんと落ちたようだった——満員のパブの土手にさざ波が音を立てて押し寄せた。リグビーとライリー、ヴィッカーズは見えなかったが、作り笑いを浮かべたカウの顔がビールサーバーのそばで皆から頭ひとつ分出ていた。娘と一緒に接客に大忙しのボブが、高くしたカウンターの中から手を振った。店の中央に向かって自然と道ができたので、彼がきっと客たちに道を空けるように言ったのだろう。数少ないイスは埋まっており、特にノリスとブラントはテレビの近くの特等席に陣取るため、カウンターの定位置を離れていた。数分後、ジャックがビール、モーリーンがオレンジ・ブロッサムのグラスを手にした時、いよいよテーマ曲とオープニングクレジットが流れ、前のほうに座っている者が静かにするようシーッと言った、ロニーが言葉も発さず視線も送らないで彼らの中でもがいているのをジャックは感じた。

30

キングスリーは机の前に立ち、観覧者にあいさつをして冗談を二つ三つ言いスタジオにいる皆をとても引きつけていたが、ブラック・スワンでは誰も笑わなかった。次いで彼はあけすけな男の期待を込めて、誰もがお近づきになりたいと望む――自分は特にそうだとウインクをして――並外れた女性だと、彼の特別で唯一のゲストを発表した。それでは早速皆さんにご紹介いたしましょうと言うと、ステージの脇に向かって大きく手を振った――デーデー！

ジャック・プレストンの心臓は、まるで彼が舞台袖に立ち名を呼ばれるのを待っているかのようにざわめいていた。彼の後ろでためらいがちに拍手が起こり、カウンターにいた誰かが指笛を吹いた――デーデーを、彼女を再び見るのはモンテカルロ以来のことなので、驚きのあまり拍手の音は彼の耳には届かなかった、キングスリーがつまらないジョークを飛ばしていた時にはすでにそこに立っていたらしい、パネルの後ろから彼女が登場した場面に目を見張り、デーデーと、ついに彼は彼女と再会し、紛れもなく本人がテレビに出て、あの大きくてゆっくりとした足取りで、彼女のすらりとした身体の前方中央に次々と足を運ぶ姿はとても美しく、猫が塀の上をゆっくりと歩く時のように、自然でびくともしなかった。

スタジオで絶え間なく続く拍手の中、彼女は使い古されたソファーのそばに立ち、視線を交え、身振りで言葉を交わさず会話をした――わたし本当にここに座らなきゃならないの？　ああ、すまないが、一応そういう習慣でね――キングスリーのたいそうな浮かれ騒ぎに彼女は何食わぬ顔で、クッションのほこりを払い落し、ソファーの先にちょこんと腰かけた。そしてカメラが近寄り、ブラック・スワンのテレビ画面いっぱいに彼女の顔が映し出された。

31

澄んだ青色の目に黒くシャドーが引かれている、彼女のメイクは派手になったと彼は思った。モナコでは若さゆえの軽々しさが見受けられたが、今日彼には彼女が女になったように見えた。準備ができてはいるが、まだだ。彼女は女になる準備が整った十分成長した少女で、大人になることを待ち望んでいる。彼女は欲望を体現しているが、一方で無邪気さと素直さを持ちつづけていることで皆を和ませていた。昔のハリウッドスターと違い、彼女は天から地上に降りてきたわけではなく、普通の村の出身で、まだ学校に通い、神聖なミサに参加するようになったばかりだった。宇宙で信号音を発するテレスター衛星を通じ、世間の思惑をカメラのレンズに集めて彼女に向けることで、この少女をあか抜けさせた。その動作のひとつひとつが人生そのもののようで、訓練と仕上げを重ねて——すばらしく謎めいたスターになった。

32

最初の十分間は、ひたひたと打ち寄せる会話の水面《みなも》が波立つような、活発なやりとりはあまりなかった——キングスリーのほのめかしにデーデーが忍び笑いをし、温かい拍手のあと、ヘアスタイルと座り方が直された。何よりも興奮したのは、単純にキングスリーの番組のソファーに彼女が物理的に座っていることで、彼女の唇から発せられる言葉ひとつひとつのなまりが思わせぶりな含みを与えた。

ブラック・スワンの面々の関心が薄れて再びビールを注文しだし、ガヤガヤとした音が大きくなってカウンター奥のシンクに落ちる水滴の音がかき消されたその時、キングスリーが大げさに黙った。片方の口の端を上げ、上目遣いに無数の茶の間をじっと見つめる。ジャック・プレストンには永遠に思えたその少しの間を置いて、デーデーが出演のオファーに応じたのは、もちろん、我々も皆知ってのとおり新作映画の宣伝のためではあるが、それだけではないと彼は言った——次の言葉を選んでいた——特別な報告があるというのだ。再び沈黙したあと、キングスリーは眉をすばやく高く持ち上げ、デーデーを食い入るように見つめた。

ジャック・プレストンはいくつもの顔が彼のほうに向くのを目の端に捉え、彼の背中に、後頭部に……複数の視線を感じた。

キングスリーの迫力に圧倒され、デーデーは胸元のペンダントに両手を重ねた。そして人気テレビシリーズ『おしゃれ㊙探偵』[*1]でジョン・スティードのパートナー役を務めると言った。「君が」キングスリーはつかえながら続けた。「君がエマ・ピールを演じるのかい？」彼女はすばやくうなずき、子どものようにはしゃいだ。スタジオでは歓喜の拍手が沸き起こった。キングスリーは心底驚いたにしては、やや長めに口を開け、目を見開いていた。拍手が鳴り響く中、最後には快活に振る舞おうと努めているのがにじみ出ていた。彼はデーデーに『おしゃれ

＊1　一九六一年から一九六九年までイギリスで放送された犯罪捜査ドラマ。『おしゃれ㊙探偵』は日本での放送時のタイトルで、原題は The Avengers。

㊙探偵』をもう見てみたかと尋ねた。エマ・ピールがどんなボディースーツに身を包んで犯罪に立ち向かうのか、君は本当に知っているのかい？　彼女は再び熱心にうなずく。家ですでに試着しているという。彼女は目を伏せ、ミニスカートを長くしようと試みるかのようになでた。

33

早朝、ジャック・プレストンはあきらめた。眠れそうになかった。寝返りを打ち、仰向けになることを、だんだん長く続けられるようになった。傷跡はしっかりしてきて、少しずつ痛みよりも保護する力が勝ってきた。

アイラブユー。

彼女は「ユー」を強調した。おそらくわざとそうしたのだろう。多分彼女がなまっていることとは関係ない。アイラブユー。そして熱烈な投げキッス。

彼女はこうは言わなかった――アイラブユーオール《みんな愛してる》。

放送が終了する前に、すでにオーケストラがエンディングテーマを演奏しはじめた時、キングスリーは彼女にイギリスの視聴者にメッセージはないかと慌てて尋ねた。台本は違っていたようで、本当に慌てた様子に見えた。彼らは進行を本当に間違えたんじゃないかとジャックは思った。デーデーは四十分間で初めて、カメラを躊躇することなくまっすぐに見つめた。言わば用意はできていたのだ。彼女の声は突然低く、親しげになった。メッセージを伝えたいたったひとりのためだけに、彼女は言葉と視線を送っているようだった。

彼女は言わなかった――アイラブユーオールとは……。

彼らは進行を間違えた。

キングスリーはデーデーにぎりぎりのところで彼、ジャック・プレストンに話しかける機会を与えた。彼の名を口にする時間がないことを分かっていたので、彼女はすぐさま本題に入った。彼はそれに値する。彼女は前置きすることも、彼の功績を称えることもせず、ただ彼の名を口にすることはできなかった。

アイラブユー。

インタビュー中例の火災に触れることはなかった。モンテカルロのことは聞かれなかった。この話題はタブーなのか？　ロータスがそう強要したのか？　あるいはキングスリーにとっては過去の、かなり昔のことなのか？　それにデーデーは無傷だった。済んだ話で、取り上げる価値はないのだ。だがジャック・プレストンへの短いメッセージは、番組の最後に、届けることができた。

そこで時間切れということになった。

スワンにいる村人たちも同じ経験をした。彼は確かに喝采の中心にいた。誰かが彼と握手をすると、およそ全員が次々と祝福しに彼のもとへとやって来た。デーデーが誰に向かってキスを投げかけたのかは彼らにとって疑う余地はないようだった。

ジャック・プレストンは喜んでもてなしを受けたが、スワンでの反応は期待によるところが大きいという考えはビールでは払いのけることができず、すべてのグラスの底が彼に向けられていた。計画は単に彼の栄誉のために、宴の夜を持とうというものだった。キングスリーの番組で、少なくとも宴のネタにされた者へのなんらかの言葉が差し向けられたことで、最後の瞬間に今夜の意義が証明され、放送終了後に熱狂は単に安堵となったのかもしれない。

家へと向かいながら彼にはまだ無数の握手の感覚が残っていた。耳元で笑い声がこだましていた。オールドステッドのキラキラした星空と同じものが、ロンドン上空に、デーデーの頭上にもかかっているのだと、彼は考えた。デーデーの小さな、匿名の感謝の言葉はほんの始まりだと、モーリーンは彼に請け合った。そして仕事はすぐに見つかるだろうと。村の外れの丘で、歩哨のように暗闇を見つめる教会が見えてきた時、モーリーンが答えを出した。

「もちろんデーデーはあなたを愛しているわ……わたしたちはみんなあなたを愛しているもの」

34

ゴールド・リーフ・チーム・ロータスから訂正の手紙はなく、ジャック・プレストンはイギリスグランプリに招待されなかった。レースの時刻に彼は仕事場から穀物畑を見つめていた。ゆっくりと落ち着いてタバコを吸った。日曜日で、村の外れはとても静かなあまり、厳密に言えばあり得ないことだが、遠く、はるか上空から、彼のよく知る大群のレーシングカーの唸りが聞こえてきた。

35

月曜日、正午過ぎ、彼は穀物畑に足を踏み入れた。
タバコを最後に深く吸い込み、吸殻を親指と中指ではじき飛ばし、穀物畑へ行こうと急に思い立った。農夫コリンと下男たちは中世の橋のたもとにある畑に向けて夜明け前に出発し、手伝いのカウはトラクターの泥よけの上に乗っていった。ジャック・プレストンはバナナを食べてからタバコに火をつけ、長年彼の網膜に刻みつけられた風景を眺めていると、ある決意がこみ上げてきた。

畑に足を踏み入れた時から、彼はこれまでこのことをしたことがないのは信じられない思いだった。畑は常にそこにあり、簡単に出入りできた。仕事場から眺めるよりも近く感じた。果てしなく広がる黄金色の海の縁で足を止める。風がたわわに実った穂をかすめ、かさかさと波立つ。ビリーがまどろみから目覚めて肩幅でしっかりと立ち尻尾を振った。

穀物も仕事場から眺めるより低かった。オフィスビルの足元から最上階を見上げた時のように頭がくらくらして、彼は畑の中で立ち止まった。彼は微笑んだ。それもまた自然にこみ上げてきた。

最後に彼は敷地の奥を振り返った。ビリーが一度吠え、中途半端に後ろ足で立ち、彼に飛びつこうと距離を取った。彼は農場とその周辺を見渡した。夕方には太陽が当たるのに、一番遠い倉庫に生えた苔の緑色のつやが、この厚かましい人間の営みに対して忍び寄る反撃のように彼には思われた。

彼の視線はすばやく暗がりのほうへ、開け放たれた仕事場の門へと吸い込まれた。彼の人生の入り口へと。そこへロニーが、黒髪に一直線に分け目をつけ、青白い顔をやや後ろに倒し、腕を伸ばして身体にぴたりとつけ、のろのろとやって来た。ジャック・プレストンは草原の中の一本の木のように動かずにいた。彼は、少年がまったく同じのろのろとした足取りで中に入り、しばらくしてから出てくるのを見た。それは月曜日の、正午を少し過ぎたころだった。彼は慣れ親しんだ風景の真ん中に立ち、反対側を眺めた。再び彼は決心した。

36

そのコーティナはコーティナではなかった。正確には。ロニーがドライブしたいと夢見ている、カバーのかかった車は、ロータス・コーティナだ――フォードの人気のある小型大衆車をベースにしていたが、特別なスポーツセダンでフォードとは別物だった。直列四気筒DOHC一五〇〇ccのエンジンから一〇五馬力――闘犬力としたほうがいいだろう――の出るものを、一九六三年にチャップマン自ら見事に手がけた。一速と二速でかなり長めに引っ張ることにより、ロータス・コーティナは耳障りな、かすれた音を立てながら停止状態から十秒で時速六十マイルに達する。重量を抑えるためにドアとボンネットはアルミニウム製だが、車がクッキー缶のような印象にならないようにハンドルは対照的に重い。ロータス・コーティナは両手で制御しなければならないやくざ者だ。

ジャック・プレストンはカバーを一気にはがした。

再び車の前にうっとりと立つ。外観と個性がみごとに一致している。角ばったフォルムと低いサスペンションが彼のお気に入りだ。色は、正真正銘のロータスカラーだ――白いボディーの左右にグリーンの細いラインがヘッドライトを起点としてサイドに入れられ、トランクリッドの両側にある控えめなテールフィンに向かってだんだん太くなることで、実際よりも速度が出ているように錯覚させる。丸いヘッドライト。丸いテールランプは三等分になっており、ダッシュボードにあるベンチレーターと同じデザインだ。フロントグリルには緑と黄のロータスエンブレムがついている。なだらかに盛り上がっているボンネットの中央前方には小さく〝コーティナ〟の文字。

これ以上の出来はないと、ジャック・プレストンは思った。

二年前にロータスに採用された時、破格の安値で提供されたこの車への愛情が、解雇されたことで消えることはなかった。トランジスタラジオの隣に引っかけてある、イグニッションキーを取ってきて、彼はバケットシートに身を沈めた。今のところ痛みはない。車はすぐに、待ってましたとばかり、やる気満々の唸り声を上げた。

コーティナを運転することはめったになかったが、そのたびにジャック・プレストンは車に鞭打った。チャップマンが意図したとおりに車はそれに応えた。よく知っている道路を走りながら、エンジンのほこりを吹き飛ばすために、彼は大回りして有料橋へ向かった。農夫たちしか利用することのない道路は、ところどころにトンネルのように取り囲む雑草が生い茂った路肩や木の垣根があった。

しばらくして彼は並木道に出た。興奮するのを感じ、後頭部がピリピリとした。そこに見えるのはてっぺんが枯れた、曲がった古い木々で、半分ほどの高さまで雑草がはびこっていた。中世の暗黒時代から存在している木々は、すべての長い枝の先に干からびた小枝が小さな木のように生えている――動かない手の集合体のようだ。木々は手入れされていない傾いた道の両側のあちこちに立っていた。

カーブを曲がってから彼は深呼吸をして、ギアを三速に入れ、フルスピードを出し、木々が見える牧草地の柵のところで、まぶたを閉じ、ハンドルを放した。感情を抑えて数を数える、いつも六まで。目を閉じ、手のひらを太ももに置き、フルスピードを出しながら六まで数えた。コーティナの高い回転数が聞こえる。神が暗がりの中で輝き、今や彼の代わりにハンドルを握り、ぶつかったら命を落としかねない木々の中を、彼を安全に先導していた。

37

有料橋の手前でわずかにためらったが、ガタガタ鳴る板の上にひとたび進入すると、彼はきっぱりとロンドンに進路を定めた。コーティナの唸り、エンジンの振動が、彼の中にある大きな喜びを解き放った。彼は正しい決定をしたのだ。

二時間後、ジャック・プレストンは街の中心まで入る必要はなかった。キングスリーの番組で映画撮影の話をした時にデーデーが言っていたところは、首都の中でも村から近いほうに位置する。新聞売りのおやじが顔も上げずにうんざりした様子で店の壁を指さして言った。「三分ほどだ」

ドッグレースのサーキットだ。

門の前には十代の少女たちが、遠足に出発するため門を通って間もなくやって来るバスでも待っているかのように、はしゃぎながら落ち着かない様子でたむろしていた。だが今は休暇中だ。彼が人だかりをかき分けて進むと、群衆の一番外側に若い男たちがいくつかの小さなグループに分かれて立っている、だらしのない髪形をした気の利かないタイプで、彼らは少女たちほどはしゃいでいなかった。彼らは十代の少女たちのすぐそばで、猛禽のように、彼女たちをねらっていた。

ふたりの守衛のうち大きいほうは彼と同年代だった。彼は親しげに手を差し出した。男はちょっと驚きながら身振りで応えた。ジャック・プレストンが自分は何者なのかを説明し、名を繰り返した時、男はすぐに理解したようで、ブースに入っていった。

守衛は紙きれを手に戻ってきた。

「どちら様ですか?」

「ジャック・プレストンです」

守衛は人差し指でリストを追った。

探しやすいように、名字と名前を区切ってもう一度名乗った。守衛が時間帯は分からないかと聞いた。配達時間のことだった。ジャック・プレストンは誤解を解こうと努めた。何かを届けに来たわけではない。デーデーに会いに来たのだと。

「デーデーに?」

「はい。彼女は何か言ってませんでしたか?」

「あなたのお名前はリストに載っていませんが」

「でももしかして彼女がわたしを待っていることを、あなたに知らせませんでしたか?」

「いいえ」と守衛は言う。「そうであればあなたのお名前がリストに載っているはずなんですが」

　ふたりの男は肩を並べて紙きれから駐車場にいる子どもたちへと視線をやった。

「わたしはモンテカルロの火災の現場にいた者です。チーム・ロータスの整備士です……」

　守衛はジャック・プレストンの台無しになった頭を無遠慮に吟味した。

「わたしがここにいることを彼女が知ったら、きっとわたしに会うでしょう」

「あなたはジム・クラークの整備士なんですか？」

「はい、そうです。ジャック・プレストンです……」

「どうしてリストに載ってないんでしょうかね？」

「それはただ約束をしていないからです。それだけのことです」

　守衛は考え込んだ。

　彼が鉄格子の扉を開けたとたん、少女たちから鋭いとどろきが上がった。彼は反対側から建物へ近づいた。五分後、守衛が入っていったのとは別のドアが開き、すぐには誰も出てこなかったが、少女たちのあけすけな異常に興奮した声が響いた。

38

甲高い声を聞いているうちに彼はまるで耳が遠くなり、門の前の騒ぎに気づかなかったが、守衛は落ち着きはらってドアのところに戻ってきていた。

「わたしの上司が言うには、ローマ法王でもリストに載っていない人を通すことはできません」

男は身構えており、彼にとって話は済んだようだった。

ジャック・プレストンは彼に礼を言った。

「ご尽力に感謝します」

再び少しいぶかりながらも守衛は彼が差し出した手を握った。

ジャック・プレストンは一日中ドッグレースサーキットの駐車場にいた。若者たちに紛れていると、彼は何が起こっているのか分からず、成り行きを見極めて再び歩き去る、通りすがりの人のようだ。彼は目立っていたが同時に透明人間のようだった。少女たちは誰ひとり彼に話しかけなかった。

翌日モーリーンは彼に食べるものを持たせた。

守衛は彼を覚えており、あいさつ代わりに厳しい表情を一瞬緩めた。しばらくしてから

ジャック・プレストンはちょっと彼に近づき、昨夜遅くに書いた手紙をこっそりと渡した。

「デーデーへの手紙やプレゼントは受け取れません」

守衛が若い同僚のほうをチラッと見たのは偶然か？　それとも合図か？

ジャック・プレストンはふたりの守衛の間に目立たないように立ち、もう一度試みた。手紙

は守衛の大きな手の中に消え、それから手を背中に回しながら大声でこう言った。

「申し訳ありません。手紙は受け取れません。いい加減にしてください」

39

手紙がどうなったかは、謎のままだ。

三日目は別のふたりが門番をしていた。ジャック・プレストンは彼らに近づいてあいさつを

したが、まるで彼が存在しないかのごとく身体をこわばらせて見張りをしている。

彼は守衛のひとりの視界に入るところに立った。

「ジャック・プレストンです。デーデーがわたしを待っています」

男は冷静に彼の顔を見た。

「わたしを通さなければならないはずです。リストを見てください」

彼はモンテカルロでデーデーの顔を守った者で、彼女は彼を待っているのだと言った。彼がいなければ映画の話も来なかったと。名がリストに載っているはずだと言った。

彼は守衛に後頭部を向けた。

「どうぞ見てください、ほら。わたしは彼女に会わなければならないんです」

彼は向き直り、顔を前に向けて言った。

「わたしには彼女に会う権利があるんです!」

ジャック・プレストンはふたりの男に襟首を掴まれ、あっけに取られている少女たちをかき分け、通りへと押し出された。

彼らはジャックに警告した。デーデーの邪魔をしてはならないと。

彼はばつが悪かったことだろう。

40

その夜、門は開けられた。

車輪のついた鉄格子がキーキーと音を立ててゆっくりと開く。雨が、午後からずっと降り続き、ドッグレースサーキットの駐車場を洗い流す。ジャック・プレストンはひとりで歩道に立っていた。彼の忍耐が報われた。

それは遅い時間で、かなり暗く、一列になって外へ出てゆく車のヘッドライトが、彼の目をくらませた。車は四台だった。一台目が彼のそばで道路に出るために停止していた。中にはふたりの男がいて、運転していないほうはタバコを吸っている。二台目と三台目がすばやく合流し、小さな隊列が動きはじめた。最後の車はスポーツカーで、黒い開閉式ルーフを備えた赤いMGだった。

彼はすぐに彼女だと分かった。あの横顔、あの髪。彼女はハンドルの上のほうを両手で握り、背筋を伸ばし、若い初心者らしい格好で運転していた。彼は彼女の視界の中に、進行方向に立った。彼が想像したとおりに、彼女は車を止め、車から降り、彼をMGに招き入れるだろう。ひどい天気なので、彼女が車から降りる手間を省こうと、彼は車のほうへと向かった。

彼女は彼を待っていた。

デーデーだ。

41

オールドステッドへの道すがら、その問いが彼の頭の中をぐるぐる回っていた。どうして後ろを向かなかったのか？　彼の顔をデーデーは知らない、ロイヤルボックスの表彰ステージで彼女を待っている大公を見つめていた時、彼女には彼の顔はぼんやりとしたしみのようにしか見えていなかった――後頭部ならきっと彼だと認識できただろう。

彼女が手紙を受け取った可能性はないと、今や彼は考えていた。にもかかわらず翌朝ジャック・プレストンは機嫌よく出かけた。デーデーも出来事についてよく考えただろう。車の後ろから走ってきて、ドアを開け乗り込もうとした、雨に濡れた男が一体誰なのか、もしかするとその問いに対して自分で答えを見つけたかもしれない。

彼は並木道のところで六つまで数え、さらにひとつ先まで目を閉じて数えた。七つ。

有料橋をほとんど速度を落とさずに渡る。

ドッグレースサーキットの駐車場には誰もいなかった。

十代の少女たちも、守衛たちも――誰もいない。彼は辺りを見渡した。誰かが彼をからかっているのか。

鉄格子の扉は閉まってなかった。少しばかり進入を阻まれたが、あっさりと、まるでいつもそうしているかのように彼は中へと入った。

彼はスタンドからサーキットを見物した。世間から隔離されて行われた映画撮影の痕跡を探す。彼にはどんなものなのかは分からないが、彼女の存在の跡を探した。デーデーがここにいたことは、はっきりしていた。彼女はこの場所をかき回し、変えてしまった。

空っぽのスタンドで、人気《ひとけ》のないドッグレースサーキットを眺めながら、彼はまた彼女とふたりきりになり、絡み合って抱擁した。アルベール一世大通りの満席のスタンドがその目撃者だ。彼女はいつもその中心にいる、付きまとう取り巻きたちから自身を解放する。いくつもの腕の下にもぐり込み、今やあけすけに笑い、彼を見て、彼越しに見る。それはすばやく、彼女のヒップに導かれ、すべてがスムーズなひとつの動きになる。彼女はロータス49の後輪のところに来て、すぐ近くから――一メートルもないだろう――輝く金髪に縁どられた完璧な作りの顔を、彼は見た。それは神の存在を感じさせる顔だ。彼は釘づけになって立ち尽くすと同時に、目に見えない雲に吹き飛ばされる。まるでほかの結末はあり得ないかのように、まるで焼けつくような熱い車体に燃料の最初の一滴が落ちるのを待って、ふたりはこうなることを知っていたかのように、抱き合う。彼は彼女を守り、頰と頰をくっつけ、彼女に覆いかぶさり、どんな犠牲を払ってでも人間の盾になる。静止するまでのだんだんスローモーションになってゆく数秒間に、ふたりはひとつになる。

ひとつの叫び。ひとつの命。

42

その後の数週間は、ジャック・プレストンはキングスリーの番組をひとつも見逃さなかった。見逃せなかったのだ。番組の最初か最後、もしくはゲストの合間を縫って、キングスリーは訂正を表明するだろう。デーデーが求めたことは、彼女がゲストとして出演しなくとも、それでもやはり認められるだろう――イギリス人の自動車整備士への感謝の言葉が。

だから新聞の記事にはならず、モーリーンが毎週目を皿のようにしてチェックしている雑誌にもデーデーは口を閉ざしているのだ——キングスリーの番組なら一気にイギリス国民の大半にアピールできる。

時々雑誌の一冊がテーブルの上にページを開いて置いてあり、彼女の慎ましい美しさとは対照的なぎらついた顔つきの、紅潮した、満面の笑みを浮かべたいくつもの顔に取り囲まれた、デーデーの写真をキッチンやトイレに行く時に見た。どいつもこいつも成り上がり者だ。彼女の名声で渇きをいやす寄生虫で、彼女と同じひとつのフレームに収まる値打ちなどない。

それは九月十八日の土曜日だった。彼は一枚の写真に、やや後ろ向きの、あまり目立たない、燃えているロータスから彼をも引っ張り出した、例のボディーガードを見つけた。あの口ひげ。今も彼は先をくるりとカールさせた気取った口ひげを蓄えていた。

写真の下には彼の名があった。

なぜだ？

なぜ彼女のボディーガードの名が載っているんだ？

トイレに入りジャック・プレストンは便器のふたを力任せに持ち上げ、ふたは五つに割れた。

43

冷え冷えとした秋は突然始まった。夏は驚いて教会に引っ込み、腕の長さほどもあるぶ厚い壁の建物の中でほんの一週間ほど生きのびた。ロニーは毎朝仕事場のストーブ用に薪を集め、一番遠い倉庫の付近で湿って苔の生えた枝を数本地面から引き抜き、ジャック・プレストンはロニーのおかげでほどよく温まると言って、もう何年も少年の遊びにつき合っていた。

時々ジャックは我を忘れて仕事に取り組むことがあった。手に負えないナットが彼の存在と思考を奪い、頭のてっぺんからつま先まで、鉄の塊を別の鉄の塊にばらす以外に目的のない強力な機械装置と化す。

ロニーはラジオの音楽に合わせてぶつぶつ歌っていない時は、普通自動車かマイクロバスのハンドルを握って滑らせるように動かしながら、すばやくギアを切り替える時のレースマシンの音をまね、急カーブを行ったり来たりして、ほとんど座席から放り出されそうな勢いだ。本当にハンドルを切ることを、彼は禁じられている。ジャックが掘り込みピットから現れると、少年は畏敬の念を隠さずに、いつも決まって、彼の頭を指さして言った。「やけどの」そして

「あと」という言葉が出てくるまで時間を要した。ロニーはこめかみに血管が浮き出るほど、持てる力を振り絞り――呼吸と努力と言葉を――彼の障害と敬服の念のバリケードに対抗してそれらすべてを積み上げた。

哀れな少年が言葉を発する前に、掘り込みピットに戻ることを、ジャック・プレストンはひそかに楽しんだ。それを抑えることはできなかった。

44

ある日の午後、ジャックの弁当をふたりで食べ、彼がタバコの最後の一服を少年に吸わせたあと、ロニーはカウの話を切り出した。不機嫌だった。激怒していた。ロニー坊やが訪れる家の村人たちも、彼のヒーローのことで気に入らない話をしていた。そしてそのことを思い返しては怒りを募らせてゆき、激怒のあまり泡を吹いていた。

ジャック・プレストンは荘厳ミサのあと、あることに気づいていた。年老いた農夫、ジェイクスとカーライルのふたりだけが、彼のもとへやって来て教会の陰で握手をし、ため息をついて気の毒がりながらお決まりの無駄口を叩いた。ほかの者は彼を避けているようだった。

彼はロニーを送り出した。

ひとりになって考えたかった。

いつもより早く、彼はまず左側の門を埋め込まれたレールに沿って中央へ引っ張り、次いで右側の門を閉めた。自分の行動をかなり意識しながら、古い南京錠の鍵をかけた。まさか、振り返る必要なんてない、刈り込まれた畑に誰もいないことは分かっていた。下男も、村人も。それなのに自分に視線が向けられているように感じたが、丘のほうに目を向けることはしなかった。

白い羊かハスキー犬か——その歩みを導く者は主である。

彼はポルチコの鉄製の腕木で靴底を引っかいた。聖水に指先をつけ、十字を切り、最前列でひざまずく。聖体拝領者のように手を合わせる。

解雇されたからだ。

カウにかけられた疑惑が油膜のように広がっていった。解雇されたことで真実が徐々に曲げられてゆく。ロータスの決定は、田舎者の同僚が語ったやけどにまつわる強烈な物語とすべて関係していると、人は思っている。

彼はブラック・スワンでの夜を思い返した。デーデーのインタビューが終わってから求められた握手は、同情だったのか？　あの時すでに？

笑い声は、あざけりだったのか？

45

十月末にジャック・プレストンはカラーテレビを買った。オールドステッドとリトル・ハブトン中で一番乗りだった。デーデーが出演する『おしゃれ㊙探偵』が、カラーで放送される最初の番組だった。

テレビはモダンな家具のようですらりとした脚がついていた。平凡な男がふたり——ひとりは指に入れ墨を入れており、もうひとりは耳にピアスをしている——まごつくほど軽いテレビを田舎家に運び入れ、古いテレビがカーペットにその跡を残した場所にぽつんと置いた。

テレビはとても高価な上、仕事が減り注文帳が埋まらなくなっても、モーリーンは文句を言わなかった。ジャックが信用払いで買うことができたのは、奇跡だ。月賦を払う金は家計をやりくりしたり、お針子の仕事を多くこなしたりして彼女が用意した。テレビは彼が望んだものだが、夫の望みは彼女の望みでもある、というのも彼女は彼を、ジャックをいまだかつてないほど望んでいたからだ。彼女は彼を一日中望んでいた。子どもを持ちたいと思う気持ちが身体から跡形もなく消えてしまうほど、彼女の欲望は強烈だった。

糊のきいた青いシャツの襟から傷跡の組織が後頭部へ押し上げられている部分に、指先で触れたいという気持ちを彼女は抑えがたいようだ。その部分は夫が戦士であることを示す、裸の鎧だ。そこに触れることを想像しただけで欲望が激しく沸き起こり、ふと我に返るとキッチンの床の上に座っていたり水風呂に浸かっていたりする自分に驚き、物体を用いることもしばしばあり、それが出来事の目撃者のごとくうろたえて彼女の下腹部からうつろに突き出ていた。事柄を少しずつ思い出しながら、彼女は姿見の前に座り、そうすると自分自身が別の女に見えて、再び快楽を味わう。それから罪悪感と夫婦の深い愛情を感じながら、今夜、彼の腰の力と荒々しい声にただ身を任せたくなり、それを想像して午後中ずっと気持ちがかき立てられ、家事をしていても追い払うことができず、しまいには彼の寝場所へ行き、すばやく猛烈にその想像に従った。

46

ジャック・プレストンが無口になり、夜は距離を置くようになるほど、モーリーンはますます彼を求めた。

ひとたびテレビをつけると、彼は一切口を利かなかった。番組が始まったら最後、彼をブラウン管から引き離すことはできなかった。

彼はただ理解できなかった。いつも魅惑的なヘアスタイルとメイク、スカートやスーツ姿で登場するデーデーを彼は見ていた、毎日、毎朝、彼女はスタジオで鏡の前に座り顔を見つめていると彼は思った――俺のことを考えないわけがない。どんな鏡もモンテカルロのことを、彼女が免れた恐ろしいことを思い出させるなら。彼には感謝のしるしを受け取る権利があると彼女は思わないのか？　イギリスのどこかの村出身の彼のことを、炎が彼にどんな重傷を負わせたかを、彼女は考えたことがあるだろうか？

ほんの二、三か月前まで、時々彼は、人生の新しい、未知の展望に対する不安にさいなまれていた。今では日ごとに、当然彼のものであるはずの何かが盗まれるという憤りに支配されていた。

神はバランスを取るだろう。

彼はそう多くを望んでいないはずだ。ひとつのしるし、それだけだ。紛れもないしるし。

彼は声に出して考えた。それとも、神に祈ったのか——このふたつの違いはもはやはっきりしなかった。

47

ある金曜日の午後、教会に入る前に、一本のイトスギの下でタバコを急いで吸い終わろうとしていた時、彼は足元の歩道にコツコツと刻まれる音を聞いた。パブのオーナー、ボブの娘だった。風景の中を歩きながら近づいてきた彼女は、村の反対側に位置する彼女の家にたどり着くまで、どんなことがあってもこのペースを崩さないつもりのような足取りだった。

彼女はかろうじて尻が隠れるほどのかなり短いスカートを履いていた。こんな服は街中でしか手に入らないので、彼女は洋裁の雑誌からスカートの型紙を取った。モーリーンが彼女のスカートを縫ったことを、彼は知らない。膝まである黒いロングブーツの上から出ている脚は、裸で通りを歩くよりも露出しているように見えた——身を切るような寒さで青白い脚は淡いバラの花が咲いたように赤みを帯びていた。

デーデーの格好をまねて歩く女たちを、ロンドンやモナコでジャック・プレストンはよく見かけたが、ボブの娘のこのいでたちは、彼女の信仰告白や堅信式に彼も参列した教会のそばの、オールドステッドの古い石畳の道を、侵略しているように思えた。とにかく有料橋の向こう側に集結した軍隊の伝令のようだ。世の中が彼に追い迫ってくる。すぐに彼は不面目にも打ち負かされるだろう。

彼はボブの娘が見えなくなるまで目で追った。十年以上前の、ずっと若かったモーリーンを思い出していた。モーリーン・コックスウォルド。当時は今と違い、若い女は実年齢よりも年上に見られたがり、真紅の口紅と上向きの胸で、世慣れて洗練されているように見せた。今は長い素足をさらし、少女のように着飾る。

だが彼女たちが手本にするその女は群を抜いている。ほかの俳優たちの平凡さを情け容赦なく強調する、カラー放送のありきたりな効果も、デーデーには影響しない。とりわけ動き方が彼女のすべてだった。特に目と口。彼女は話す必要がない。それらがすでに語っているから。

48

古い窓ガラス越しに、農機具とランドローバーしか乗り入れることができない仕事場の幻想的な白い風景を見つめながら、ジャック・プレストンはずっとアルベール一世大通りでのあの瞬間を思い返していた。

彼が船乗りの絵を隠すために使っているガムテープは嫌な味がする。モンテカルロのいつになく暖かい春の日にうだるような暑さを感じている。スタンドから彼に向けられている視線を感じる。デーデーが外交儀礼を捨て去り、彼のほうへ出てきて、彼を見つめているようで、心臓が騒ぎ立てている気がした。火災以来見るのは初めてだ、金髪が幾筋か耳の後ろから鎖骨のくぼみにかけて、カールしながら彼女のしっとりとした肌にかかっており、彼女の衝動に応えるすばやい動きによって首元が露わになる。彼女はかなり近くにいる。だが彼女のにおいがしない、というよりも、熱の雲に形を変えた燃料のにおいがして、その雲がすばやく広がり、彼を背後から押して包み込む、そして彼は時を止める。

この瞬間に、彼は腕を動かす。

なぜ彼は腕をデーデーのほうへ伸ばしたのか？　自分の身を守ることをしないなんて？　反射的だったのか？　ただ単に吹き飛ばされて倒れたから、本能的に彼女を摑んで抱きしめたのか？　腕を伸ばしたら彼女に届いたことを、彼女の安全を考えてのことだと自慢できるのか……？

これが本当に重要なことなのか？

彼は確かに彼女を抱きしめた。熱さを承知で。火が彼に食らいついている間、彼女を地面に押しつけて自分は身体を広げていた。

49

彼は自動車整備士だった。暗がりの中、ベッドの上の梁《はり》の間にその言葉がぼんやりと現れた。彼が自動車をいじることを、顧客やドライバーは当たり前だと思った。一番当たり前のことだ。彼は決してエンジニアにはなれないだろう。チームオーナー。これもあり得ない。彼には手の届かないことがたくさんあり、彼はずっとジャック・プレストンで、ずっと整備士だ。

オールドステッドで。有料橋を渡り、高原の近くの、農夫コリンの敷地内で働く。セミも、漆喰《しっくい》の壁にへばりついて日光浴をするトカゲもいない。彼は入場券を持っていなかった。持っていたのは南京錠の鍵と、彼になついている番犬だった。両親をしのぶ時に座る教会の前のほうの信徒席もある。彼には肩幅の狭い、くすんだ目をした愛する妻がいて、それはずっと変わらないだろう。彼は恥ずかしかった。罠にはまったのだ。フェラーリは彼が誰だか一生知らないだろう。考えてみれば分かる。彼は恥ずかしくて毛布の下で熱くなった。彼、ジャック・プレストンが、エンツォ・フェラーリとうまくやっていけるなんて、こんなに滑稽な話じゃなかったら彼は泣きだしてしまったかもしれない。彼は自分をはめた。自分でしたことなのだ、たったひとりで。カーテンのすき間から彼は星空を見上げた。毛布を払いのけた、息ができなかった。

彼はコップ一杯の水を飲み、キッチンから月明かりに照らされたリビングを見た。

彼はリビングの家具を見た。それは、この田舎家にぎこちなく無頓着に置かれていた。

まるで初めて見るようだった。

悪意無しに、誰がこんな家具を作ろうと思うだろうか？

その家具は身の毛もよだつようだった。

50

デーデーと大公の自然発生的な対面を記録しようと報道カメラマン全員がロイヤルボックスの表彰ステージへと急いだ瞬間に、アルプス山脈のふもとにあるフランスの小さな村落の公証人の娘、アメリ・ボナールが無意識に撮った写真のことをジャック・プレストンが聞きつけていたら、この出来事の推移は違ったものになっていたかもしれないという疑問には、一九六九年二月二十八日を境に永久に答えが出なくなった。

その三日前、コニャックにある別荘の白い大理石の階段の下で死んでいるアメリ・ボナールを彼女の配偶者が見つけた。彼女の首がぽきんと折れている光景に彼は耐えられず、手を彼女の頭の下に差し入れると、割れた頭蓋骨のかけらが動くのを指先に感じた。

アメリ・ボナールは優遇された人生を送り、その望みは自らの上品さを皆にうらやましがられたいということだけだった。彼女の夫は——この際名はどうでもいい——商売をしており、才能よりも運があったが、この世界では誰もこのふたつを区別しなかった。ここでは名無しの男だが、アメリ・ボナールを心から愛しており、悲しくて涙を流した、自分が哀れだからではない。彼女の父によっておごそかに読み上げられた彼女の遺言を冒瀆する気は一切なかった、リボンのかかった小箱を開け、妻が墓場まで持ってゆきたかった秘密を暴くようなことはしなかった。

秘密は大したことではなかったし、全部が秘密というわけでもなかった。手紙が入っていた。じめじめした塹壕から出てきた彼女の祖父から祖母への手紙と、パリにいる幼なじみからの手紙。どちらも恋愛について書かれていた——一方は気高く激しい気持ちが描写され、他方は片思いで、アメリ・ボナールは不運な転落事故を起こした日の朝まである計画を提案していた。それから写真。子ども時代のものがほとんどで、いつも晴れ着を着て撮っていた。家族写真ではないものが一枚あり、それも晴れの日に撮ったものだった、モンテカルロで。

その写真は彼女を何度も何度も感動させた。赤と白のメカニックオーバーオールを着た眼光鋭い見知らぬ男。後ろへ梳かした髪が風圧によって前になびいている。彼の腕は華奢な少女を摑もうとしていた。灼熱地獄の直前に撮られた、この写真の中で、少女はすでに安全だった。

51

四月にカウが戻ってきた。農夫コリンが毎年彼にただで貸している自転車がある日曜日にブラック・スワンにもたせかけてあった。

オールドステッドのやけどを負った自動車整備士と再会することを大男が冬の間中楽しみにしていたことは明らかだった。

ジャック・プレストンは意志の強い男だった。少年だったころに納屋で古いマッセイ・ファーガソンのシリンダーブロックを独学で修理し、そうして二、三年で母を養えるようになった。神は彼にささやかな才能を与え、彼はその才能を強い意志の力をもって育てた。こうして英国ラリー選手権に進出し、ついにはフォーミュラ1という、オールドステッドやリトル・ハブトンでは彼以外の誰も自慢できないような、功名を立てたのだ。ブラック・スワンや荘厳ミサを終えた教会に響く、どんどん大きくなる笑い声も、彼は気に留めなかった。プライドが彼を振り向かせなかった、たとえどんなに笑い声が彼を攻撃しても、現実には一度も実現しなかった、彼が捨て去った地中海のすべての場所にうつろに反響しても、誰にも振り向くほどの値打ちはなかった。

彼の冷静沈着さが笑い声を厚かましく、奔放にした。モーリーンが一度彼らに噛みついたが、もたらされた静けさはちっとも長続きしなかった。

自分のような冷静沈着さはロニーも持っていると、彼はのちに考えた。そのためカウやその他大勢から彼も同様に村の笑いものにされたのだ。こんなふうに、これは誰にでも起こりうるのだ、あっという間のことで、避けられない。
モーリーンの同情は彼を息苦しくさせた――彼女がいつも彼の頭を撫でることで、彼に触れることで、自分の定めを思い起こさせ、不安にさせて落胆させた。だが結局彼は、少なくとも幸せで皆に好かれているロニーに嫉妬することになり、それは何よりも耐えがたい屈辱だった。

52

時々彼は、全能と報いに対する渇望を抑えられないことがあった。『おしゃれ㊙探偵』のジョン・スティードとデーデーは、スティードの立派な邸宅の男っぽい部屋を表しているカラフルな張りぼてのセットで、彼らがマークしているいわゆる悪党の犯行の動機について、機知に富み才能にあふれ、常に示唆に富んだ調子で意見を交換しながら、紅茶をかき回していた――スティードは山高帽と傘を常に手元に置き、デーデーはたいていアームチェアに横向きに座り、おどけて足をぶらぶらさせている――そしてふいにジャック・プレストンは空想にふけってコートを羽織り、仕事場へと戻っていった。彼はテレビ画面を見ており、この春の夕暮れの中、道を横切る自分を思い描く、教会へと続く歩道は上り坂で、イトスギの中から消え入りそうなスズメたちのたわごとが聞こえた。南京錠の鍵を回し、門を開けて空気を吸い込むと、彼を力づける、慣れ親しんだ道具のおかげで元気になった。彼は探しているものがちゃんと分かっており、壁にかかった工具の配置を暗記していた——目隠しをしていてもニッパーを見つけられるだろう。作業台の前で事の重大さがふいに彼を襲ったが、ニッパーをズボンのポケットに入れると同時に最後の迷いも消えた。それはデーデーとスティードがさっそうと彼女のオープンスポーツカーに乗り込み、怖がるそぶりも見せずに悪党の堂々たる田舎の大邸宅に赴いたころだった。人気《ひとけ》のない地域や刈り込まれた庭が続く景色の中を走っていると、彼らの服装もしくは風景の色が、あるいはただ屋外に彼らがいること自体が、彼らを別の惑星にいるような気にさせた。テレビで彼らが車を走らせているのを見て、彼は自分で運転し、コーティナはいつものようにやる気満々で、コーティナに乗っている間は、見知らぬ土地を走っている感じも、フェリーに乗っている感じも、前回モナコへ行った時に残ったフランを内ポケットに突っ込んで、フランスの田舎を旅しているという感じもしなかった。食卓の隅で後ろめたそうに沈黙している雑誌によると、数週間前にデーデーは撮影が終了してシリーズの編集も済み、モナコに戻っているらしい。彼は抑えられないことがあった。時々。彼はMGのことを自分のコーティナのように分かっていた。たった数回休憩しただけで彼は北海から地中海まで運転し、誰とも話さず、とんぼ返りするだろう、そしてデーデーとスティードが悪党の家の玄関に乗りつけて呼び鈴を鳴らしている時、彼は道に止めてある彼女の赤いMGを見つける。彼は何が起こるのかをちゃんと分かっている。彼女は生命の時間を十分にもらった、一生分も。それは数秒もかからない。彼の手からライターが落ち、偶然足に当たってMGの下に入る。たった数秒のことだ、彼は切断する箇所を心得ている。それからコーティナのエンジンをかけてそのままオールドスティッドへ向けて走りだす。そしてスティードが傘の剣を取り出し、デーデーが東洋の格闘技で痛烈に殴りかかり、最後には床に落とした彼女の超小型のピストルを拾い上げ、皆笑顔でお決まりのエンディングを迎えるまでに、彼はコーティナにカバーをかけ、作業台の上の壁にニッパーをかけ、南京錠に鍵を差し込んだ。

53

ある夜デーデーは彼の目をまっすぐに見つめた。
スティードは跡形もなく消え、まだ生きているのかさえ彼女には分からなかった。彼女は絶望して、黙って浴室へ行き、洗面台に寄りかかり鏡を、カメラを覗き込んだ――数秒間。

ジャック・プレストンはソファーの肘かけを強く握りしめた。

彼女は話す必要はなかった。

彼女は彼に何かを伝えた。彼だけに何かを。彼女の視線は彼の耳へのささやきのようだった。

彼女は許しを乞うたのだ。数分後に彼はそういう結論に達した。彼はしっかりと聞き、彼女の表情を見た。

あの瞬間から彼は『おしゃれ㊙探偵』を別の視点から見るようになった。デーデーは役柄のエマ・ピールを隠れ蓑《みの》にして、彼女が何者で、何を感じているかを、まさに暴露していることに彼は気づいた。

それを知っているという親しみ。

彼は誰よりもよくそれを分かっていた。

彼はひとつの大きくはっきりとした意思表示を期待し、固執していた。だがこれまでに心からの、彼だけに届けられた、いくつもの小さな合図はあったのだ。

がまんだ。彼はがまんして、彼女からのこの難題を聞き入れなければならない。だが純粋に彼女にがまんを強いられたことによって、ふたりはなんとなくもう一緒になっているように彼には思えた。

54

すぐに多くのことが分かってきた。

彼は彼女が大げさに陽気に振る舞う裏を読んだ。どんどん濃くなるメイクが他人には見えないものを暴く。

デーデーは不幸せだった。

彼女は信心深い一家に生まれ、田舎で育った――彼には彼女のことが分かった。あまりに急に、あまりに有名になり過ぎたのだと、スティードの言うことに耳を傾けている時やセリフを言う前の彼女の視線、眉の動きにそれが見て取れた。スーツも、スカートも屈辱的で、軽薄だ――どれほどエマ・ピールがものをはっきりと言う女だとしても、どれだけ彼女が自分自身を守ったとしても。あまりに急に有名になり過ぎたのだ。彼にはまるで自分もそれを一緒に経験したように思えた。彼女は笑い、飛び跳ね、彼女の進む道に訪れるすべてのことを思う存分楽しんでいたので、彼以外の誰もデーデーのことをそんなふうにおしはからないだろう。

それはうわべだ。

ジャック・プレストンは彼女のために祈った。

彼女は自らの名声に囚われている。孤独だ、誰も彼女の本名すら知らない。彼女が昔に戻りたいと願っていることが彼にはよく分かった。まさに彼と同じように彼女もモンテカルロを、我を忘れさせ、いつでも手に入るようで誰も手の届かない、あのモンテカルロを渇望していた。彼女は悲しんでおり、悲しいからあんなに陽気に振る舞っているのだと、彼には見てそう分かった。彼女は自分が張った煙幕で窒息する。彼女は素朴な少女のままなのだ。彼らの心は似ている。彼女の奔放な陽気さは不自然で、彼は信じていなかった。彼はそれを誰よりもよく分かっていた。

まもなくこの見せものは終わるだろう。幕が下りるだろう。彼女をあんな気持ちにさせることができるもの、それはアルベール一世大通りでの彼らの抱擁だけだ。彼女は彼を思い、そして彼は彼女を思う。そう長くはかからないだろう。ある種の出来事には、必ずその続きがある。

第三部　モンテカルロ

1

その夕暮れは、まだ夕暮れにはなっていない。完全には、上空までは広がっていない。空はこの上なく繊細な淡いブルーに均一に輝く、ピンと張った無地の薄い幕で、空の下を照らすにはあまりにも弱かった。せいぜい輪郭が浮かび上がっているものといえば――高原だ。動物たちは大地に頭をつけてうずくまる。それは七月のとある夕方のことで、夕暮れの空はまだ明るく、村から中世の橋まで、何マイルも、ロータス・コーティナのボンネットの下の、狂ったような四本のシリンダーの音以外は何も聞こえない。ヘッドライトの明かりが不気味な木の垣根の間の地面を低く滑るように照らし、タールマカダム舗装のにおいを鼻をクンクンさせて追っていた。この瞬間に、ヘッドライトと闇と最後の日の光が隣り合わせに接している。アポロ11号が月周回軌道を浮遊し、着陸船イーグルが月面に降り立ち、操縦士バズ・オルドリンは私物の入った巾着からパンと少量のぶどう酒を取り出す。ジャック・プレストンは道を折れて並木道へと向かい、ギアを三速に入れ、フルスピードを出し、牧草地の柵が矢のように流れてゆくのを目の端に捉える……。ここでは闇は暗く、オールドステッドのずっと、はるか上空でオルドリンは聖餐式を行い、ラジオを通じて皆に、それぞれの方法で、感謝をしてほしいと呼びかけている。

2

一九六九年五月十二日の早朝、モンテカルロで起きた不運な出来事については諸説あった。冬のように寒く、冷え冷えする朝だった。複数の通信社と地元紙のカメラマンたちが現場に駆けつけ、フィルムを何本も使い切ったが、真相を解明する写真は一枚もなく、どれもまったく証拠にならなかった。

デーデーはその前夜、王女とレストランで一緒のところを目撃されていた。王女がこのような形で公の場に姿を現すことはかなり異例のことであると同時に、もちろんそんな年齢ではないが、王女が母親のようにデーデーに情けをかけていたことは周知の事実だった。去年のグランプリ以来王室との結びつきは急に、きわめて強くなった。大公はあらゆる機会を利用して若い映画スターをほめたたえ、その結果、ヨットの船首楼で日光浴をしながら、大公に身体的特徴が似ている男の手に自身の手を重ねているように見える、デーデーのピンボケした写真が出回り、少なくともタブロイドをかなり賑わした。

事故は町のずっと上で起きた。デーデーは渓谷に転落した。カメラマンたちは最初に遠くで上がる火に気づいたが、誰も車の残骸までたどり着くルートを見つけられず、結局ばらばらに引きはがされたガードレールのところまで皆でやって来た。

デーデーは事故の瞬間か、あるいは深い渓谷へ転落した直後には意識を失い、おそらく岩壁に激突して生存できなかったとのちに推定された。報道陣の目の前で、MGの中で生きながら焼死したという説は、世間には耐えがたかった。

ひとりの男が自制できずにある企てを試みた。フレジュス出身のマルセル・トゥーサンは衝動的にガードレールを乗り越え、崖を下りはじめた。直後に足を滑らせて二、三メートル落ちた。自らの企てが命に関わることに気づき、恐怖で引き返せなくなり、その場で、子どものようにうずくまり、救助隊が来るまで岩山の先端で待っていた。

ほかの同業者たちと違い、あの断崖から彼の足元に広がるむごたらしい情景が妨害するものもなく見えたので、夜明けを背景に彼が撮影した写真は、翌日には世界中に広まった、北から吹くミストラルと火のダイナミズムが奇妙に戯れることで、火災の中心部分が明るいオレンジ色の長く崩れたハートの形をしていた。

それ以降巡り合わせで彼の身に起こったカメラマンとしての成功と繁栄を、マルセル・トゥーサンは生涯恥じた。あきれるほどの頼りなさのおかげで得た思いがけない幸運について、彼は決して、妻にさえ語ることはなかった。ずっとのちに、年老いた男やもめになってから、部屋に日が絶え間なく降り注ぐ冬の日によく食卓に上っていた、夜まで口の中に残る風味が子どものころ学校で食べたパン・デピスの味を思い出させる北アフリカの煮込み料理を食べたあと、唯一の孫娘がおとなしくそばにいる時にしばしば涙が頰を伝ったが、目の中に入れても痛くないほどかわいい孫は何も尋ねなかった。

3

一時間十二分、これはその後数日ひんぱんに引き合いに出されることになった時間だ——とにかく——消防隊が事故現場に到着し、深い渓谷で燃え尽きてくすぶっている残骸を見つけるまでにたっぷり一時間かかった。警察がやって来たのはさらにその十五分後のことだった。

事故のあと誰かが報道陣をこんなに速く鳴り物入りで集めたのに、緊急通報受理機関に通報しなかったことが憶測を呼んだ。

ウインカーは何の裏づけにもならなかった。

鎮火した時、すぐ近くの地面で、火災を逃れ、点滅している方向指示器が見つかったのだった。道路から下を眺めていた者皆にとって、このささいな出来事は悲惨で次第に耐え難いものになった。事故直後にデーデーはまだ息があったと考える者たちもいた、まだ希望はあったのだと。

4

誰も痴情の果ての事件だとはあまり考えていなかった。

裕福なポルトガル人船主との騒々しい恋愛沙汰以来、カメラマンたちは誰もデーデーが男と腕を組んでいるところを押さえられなかった。デーデーをあらかじめ殺害し、次いでMGの運転席に乗せて深い谷間に突き落とすということはほとんど不可能だった。ずたずたになったガードレールが、かなりのスピードで衝突したことを証明していた。

もっと重要なことがある――なぜ男はすぐに報道陣と接触することになったのか？　何の得になるというのだ？

もっともらしいのは破壊行為という説だった。

放火魔に例えると分かりやすい。放火犯と同じように自分の仕事を称賛するという誘惑に耐えられず、倒錯した野心によってこんな頭のおかしい行為に走ったのかもしれない。誰も考えもしないようなことをやってのけたのだ。デーデーをねらって。ただ彼女がとても有名だということだけで、標的になった。そいつはできる限り目立ちたかったのだ。

ガードレールと道路を中央に据え、そこに人々が写っている何枚もの写真を、新聞各紙は社説で究明した。この人々の中に殺人犯の顔があるかもしれないと、その可能性はかなり高いと思われていた。

精神病質者が犯行声明を出し、子どもじみた汚い文字で書いた手紙か、新聞の文字を切り貼りしたもの、あるいはたいそうごていねいな表現の形式的な結びの句とともに、事務的にタイプ打ちされた文章の手紙が、自社の郵便受けに入っていることを論説委員長たちはひそかに期待した。

最も痛ましい仮説は破れかぶれの行為だというものだった。

それはタブーに近かった。

自殺それ自体が問題なのではなく、そのことがもたらす影響のせいだ。デーデーがこれを計画し、そして彼女の死に光彩を添え、劇的な事件を永遠に記憶に留めるため、自らマスコミに内報していたことを意味するからだ。あの日の早朝、彼女がレストランのカウンター席からほろ酔い加減で出てきて、ロビーの電話ボックスのひとつへと消えたのを、ホテルの従業員が目撃していた。

だが世間は彼女がそんなことをするとは思っていなかった。確かにとっぴなところはあるが、慎み深くもある。デーデーは決して絶望していることを触れ回ったりしなかった。

それはありえなかった。

世間のイメージを裏切るようなことはありえなかった。

5

警察が公式な見解を出した。

専門家による調査で、紛れもなくそこにブレーキ痕があることが判明した。写真には記録されていなかったのでカメラマンたちは気づかなかったが、確かにそれはあった——ブレーキ痕。それにより山のようにあったシナリオは一気にごみ箱行きとなった。デーデーの死因はおそらく交通事故だったという公式見解が出された。

翌日さらに新たな公式見解が出された。事故の目撃者が——性別は公表されていない——間違えて新聞社に、次いでさらに通信社に電話をし、警察に出頭して捜査に協力したという。目撃者は匿名を希望し、警察は刑法違反にならない限り、匿名を堅持すると約束した。自動車事故という確信が強まった。

事実は何も変わらないし、同様に悲しみも癒えない。

デーデーは死んだ。

彼女の車の中で焼け死んだ。

デーデー。

その場に居合わせた誰もが、決して忘れないだろう。

朝の寒さと深みから立ちのぼる熱さを。

ウインカーを。

鳥たちを。

渓谷の低木から高木まで、そこから突如起こった鳥たちの歌声を。しばらくしてカメラマンたちは皆話も写真撮影もやめ、戸惑いながら辺りを見回して、鳥たちが明かりの再来を祝い、火がついたようにはしゃいでいるのを聞き、それがデーデーの魂を見送る天使の聖歌隊のようだったことを忘れないだろう。

6

ジャック・プレストンは髪にブリリアンティンをつけた三十六歳の男で、もみあげは一年前より一センチ長くなっていた。オールドステッドは五月十二日の朝十時だった。彼は掘り込みピットを這い上がり、ニュースをしっかりと聞くために、作業台の上方にある棚に置いたラジオへと落ち着いて近づいた。ぐんぐん大きくなる穀物を窓から眺めながら、デーデーの死を報じる海の上からのラジオの声に耳を傾けた。彼は反応を示さず、ただ聞いていた。ぼうっとした状態がそのまま続いた。キンクスの曲が流れていた、恋の歌だった。地面に座り背中を壁にもたせかけた。こんなふうに仕事場を眺めるのは初めてだった。彼は年月を数えた。タバコを吸った。昼に弁当を半分食べた。笑い声が聞こえた、笑いを誘う笑い声で、それは彼自身が発したものだった。彼が彼女を殺したわけではないが、それでも殺人者になった気分だった。共犯者だ、少なくとも。彼が想像していたことが、起こったのだ。なぜこんなことに？　彼はこみ上げてくる涙を飲み込んだ。二時を少し回ったころモーリーンの自転車がガタガタと音を立てて近づいてきた。彼女は門の前に立ち、ニュースを聞いたかと尋ねた。彼はああと答え、彼女に背を向けた。数分後、自転車はガタガタと音を立てて遠ざかっていった。彼は重いモンキーレンチを血の気の引いた白い手で握った。母と父のことを思った。飾りボタンが光る軍服に身を包み、帽子を両手で持ち、遠い目をしてドアのところに立った兵士を思い出し、母が打ち勝つことのできなかった一撃に踏ん張って耐えようとして、我が子を摑んでいるのを感じた。彼は騙された気分だった。神はやっと彼に味方してくれた。願いを聞き届けてくれた。だが神はモンテカルロでの供犠に報いてくれなかった。神はデーデーの怠慢を罰した。

7

五月十八日の日曜日、Ｆ１グランプリの開始直前に、前日にパリで埋葬されたデーデーをしのび、モナコで一分間の黙禱《もくとう》が捧げられた。その一分間の黙禱に対して、大公はもう三日も前からかなり逡巡していた。感覚を麻痺させるために侍医は大公に錠剤をこっそりと渡したが、大公はすぐに感情的になった。たった一年前の記憶は生々しく、奇跡的な脱出を遂げたデーデーを腕に抱いたのがまるで昨日のことのようなのに、同じロイヤルボックスの表彰ステージに、今は彼女のポートレートが額縁に喪章をつけてひっそりと立てかけてある。大公はカメラから逃れられなかった。誰もが大公とその妃の表情を見て、そこから何かを読み取ろうとした。この日は曇り空にもかかわらず、大公は色の濃いサングラスをかけていた。モンテカルロの岩山は霧に覆われていた。

サーキットを取り囲む二十五万人近い群衆が皆黙り込み、公国はいまだかつてないほど静まり返り、大公には表情を和らげることも、呼吸することも、自分の足で立っていることもままならなかった。不意の出来事に戸惑い、カメラマンたちは欲深いシャッター音に気が引けて、二十秒後には皆尊敬の念から機材を下げた。

人々はアスファルトや建物を見つめ、目を合わせなかった。

はるかかなたの海上にラッパの音が鳴り響いた。

テレビカメラは回りつづけ、スタート地点で前に歩み出て向かい合って並んだパイロットやチームオーナーたちと、表彰ステージを交互に映していた。手を合わせて祈る者もあったが、大半は腕を組んでいた。

一分が経過した時、拍手は起こらなかった。誰も合図をしなかった。優に一分を超え、最初に数人が辺りを見回しておずおずと動きだし、徐々にほかの者たちが続き、大公は妃を振り返り、ふたりは疲れ切った様子で、ゆっくりと、高い背もたれのついたイスに座った。

ジャック・プレストンは人垣の間からポールポジションにあるスチュワード[*1]の青いマトラを見た。レーシングスーツと広告の違いがすぐに彼の目に留まった。マトラのノーズには小さなウイングがエアインテークの左右にあり、不気味なサメの頭のようだった。しばらくしてから顔を完全に覆う新しいデザインのヘルメットを被った、イギリスのレーシングドライバーというよりもむしろ、古代ローマの剣闘士のような風貌のハルを見つけた。

表彰ステージの写真立てが撤去される前に、もう一度カメラがデーデーのポートレートをズームインした。それは夏の日に撮影された横顔の写真だった。至近距離から撮影されたにもかかわらず、デーデーはカメラマンに気づいていないかのようだった。夏の強い日差しをよけるために被っている、しなやかで広いつばの帽子の下で彼女は物思いにふけっており、帽子の編み目を通り抜けた日差しが、彼女の顔にダイヤモンドをばらまいたようにきらめいている。数年前の写真だが、まるで彼女を待ち受けているものを知っており、今それを避けて少しの間物陰に隠れているようだった。そして彼女は間もなく顔を上げ、笑いながら狂気のほうへと歩いてゆく。

8

月の上に地球が昇った。地球の四分の三が太陽に照らされた。光と熱が目障りな大気を押しのけて進み、オールドステッド近郊の浜辺にいるモーリーン・コックスウォルドの身体に届いた。二、三時間後、彼女は充電され、夫の仕事場へ自転車で向かった。門の前で立ち止まらなかった。声をかけて中へ入り、ロニーがいないことが分かると、ワンピースを床に脱ぎ捨て、足を踏み出した。彼の目の前に立つと、このひんやりとした場所に自分が放つ熱気を感じた。モーリーンは彼の手を自分の胸に当てた。彼女は目を閉じた。モナコグランプリから二か月と二日が過ぎ、幾度となくモーリーンが彼の後頭部に自分の手をそっと置いても何も反応し

＊1　一九六〇年代後半から七〇年代にかけて活躍した実在のレーサー、ジャッキー・スチュワート（Jackie Stewart）を連想させるが、テリンはここでStewardという綴りで記している。

なかったが、今ジャック・プレストンはこんな反応をした。時は彼のそばを滑り落ち、彼女がベッドで、リビングで、彼に触れてもジャックはまったく気づかない。そして今、リトル・ハブトンの工務店の娘が哀れんで、ほどなくその手で彼の傷跡をまた撫でるだろうと考えると、彼は自分が追い詰められた獣になったように感じた。ジャックは思い切り彼女を突き飛ばした。彼には自分のしたことが、両手で、強く、突き飛ばすのが見えていた。いつになく肌を露出した彼女が、作業台の前に倒れ込むのが見えた。ラジオからは音楽が流れ、彼女の手が身体を支えようと、後ろ手で地面を探していた。モーリーンの身体が揺れたことで、肉体的衝撃によって、彼女が転倒したことが彼には分かった。妻は彼の前で汚れた床に裸で、無防備に横たわったが、転倒はまだ完全には止まっていなかった。ゆっくりと這う動作になり、後ずさる。彼女は片腕で隠すように胸を寄せ、もう片方の手で白いワンピースを引っ摑んだ。

9

それからおそらく一時間ほどたってロニーが仕事場にのろのろと入ってきた時、ジャック・

プレストンはほとんど身動きしなかった。少年は暑がり、額と黒髪にくっきりとつけた白い分け目に、玉のような汗をかいていた、いつもと同じ服を着ている。ぶ厚い舌は下唇に乗ったまま、引っ込むことはなかった。奥に向かってついている黄白色の舌苔が、漆喰を塗ったように見える。彼は軽く息を弾ませ、猫背になり、腕をだらりと垂らして、ジャック・プレストンに一メートルのところまで近づいた。それはまるで、家畜が暇そうに飼い主に近づき、完全に飼い主を無視してそばに立っているようだった。あざけりの感情がジャックに忍び寄り、屈辱を感じた。なぜ、よりによって若くて華麗で才能のあるデーデーなんだ？　なぜこんなへんぴな場所にいるこの取るに足らない少年じゃないんだ？　どうしてロニーは宝物のように大切にされて助けられるんだ？　それになぜ神はロニーをいつも自分のところへよこすのか？

それはまるで神が彼をあざけっているようだった。

彼は騙され、そしてばかにされた。

10

ジャック・プレストンが身動きしないので、ロニーはびっくりして不安に駆られた。彼は様子を見た。視線を地面に落とす。彼らは作業場に並んで立ち、ジャックは何も言わなかった。仕事を再開しようともせず、ロニーに車に乗っていいとも言わなかった。ラジオからは絶え間なく音楽が流れていた。しばらくしてロニーは一か八かの賭けに出た。ジャックは仕事をしておらず、彼らはただ並んで立っていた。ロニーは切り出した。

「コーティナ」

ジャックはぼんやりしており、よく通じなかった。

「コーティナに乗りたい」

「バランスが取れていない」

見つめ合ったままジャックは今言ったことを繰り返した。

「バランスが……取れていない」ロニーは最後の言葉を怒鳴って言った。この結論をジャック以上に嘆き悲しむように首を振った。怒っていた。

ジャックの表情には明らかに変化が現れた。とたんにロニーは彼に目いっぱい微笑みかけた。ジャックが少年のほうを向き、おまえは醜い悪魔だと言うと、ロニーは陽気に振る舞い前かがみになった。

「おまえと俺で」

「うん」とロニーは熱烈に言い、今は視線を天井に向けている。「バランスがない!」

ジャック・プレストンの目の前に再びかすみがかかった。

しばらくして彼は仕事に取りかかり、すぐにこの遅い午後のひとときが昨日やそれ以前と変わらないものに、いつもどおりに思えた。作業台の下の引き出しの中にある交換部品を探していた時、ロニーが隣にやって来たので、彼は少年に数を数えられるかと尋ねた。十まで数えられるかと。

ロニーは首を横に振った。「二十だよ!」

「じゃあちょっと二十まで数えてくれないか?」

それは歌っているようだった、詰まったのは一度ではなかったが、彼は二十まで歌い上げた。

ジャック・プレストンは、こんなに上手に数を数えられる人に会ったのは初めてだと言った。

そして少年に神の存在を信じるかと聞いた。

「イエス様」とロニーは言った。

「イエス様を信じているかい？」

「幼きイエス様」

「幼きイエス様？」

「うん」少年は嬉しそうに答えた。「ロニーだよ」

ジャック・プレストンはそれなら教会へ行ってロウソクを灯したほうがいいなと言った。四本のロウソクに火をつけるので、ロニーにあとで四つまで数えてくれるかと尋ねた。ロニーは激しくうなずいた。

イトスギの木陰で彼は少年にタバコを最後に一服吸わせた。木造のポルチコは空気が糖蜜のようにとろりとしていた。足元がよく見えず、ロニーはすり減った敷居に向かってぎこちなく頭を下げた。ジャックは最前列の信徒席でひざまずき、少年は彼のしぐさをすべてまねた。

「話してやれよ」ジャック・プレストンは田舎家のキッチンに入るなりそう言った。モーリーンはロニーの手を握りながら、少年が教会でロウソクに火をつけた一部始終を根気よく聞いた。ロウソク四本に。母と父のため、そしてジャックの母と父のために。それが問題の解決策だといわんばかりに四本を強調して言った。今ロニーは空腹を感じた。向き直って食卓に着く。

ジャック・プレストンは調理台の前で妻の後ろに立ち、彼女の髪に自分の鼻を隠し、そしてロニーが自発的に二十まで数えて歌っている間に、モーリーン・コックスウォルド以外には何の意味もなさないが、ふたりが出会った夜、ブラック・スワンの裏の暗がりで彼が初めて彼女にかけた言葉なので、彼女は決して忘れることのない言葉を二言、彼女の耳にささやいた。

ジャックはまだ仕事があると言った。ロニーはもう歩きながらサンドイッチをほおばっていた。仕事場に戻り、ジャックが彼に驚くべきことを告げ、作業場の奥へ行ってコーティナのカバーを一気にはがした時、ロニーはサンドイッチまみれの口から一言も発することができなかった。

「アポロ11号みたいにとても早いぞ」

ロニーは言いたいことがたくさんあったが、最初の言葉が重しのようにつかえてほかの言葉が出てくるのを邪魔していた。興奮し過ぎて、真っ赤な顔をしていた。ジャックは落ち着けと、何も言わなくていいから、とにかく落ち着けと言った。

少年を腕に抱いた。

「まあ落ち着け」

この背が低くてぎこちない身体の緊張が、ゆっくりとほぐれてゆくのを彼は感じた。

「エネルギーを残しておいてくれよ。おまえが頼りなんだから」

数分後、ふたりでコーティナを掘り込みピットの上まで押してゆき、使用済みのオイルを容器に移すと、オイルは一本の動かないきらめく筋になって流れた。

「ロニー、神様が俺たちを見てくださっていることは分かるな?」

「うん」

「神は我々を見ていてくださる」

ロニーはうなずいた。「幼きイエス様」

「神様は特に子どもたちを見ていらっしゃるんだよ、ロニー。知っていたかい?」

「うん」

ジャック・プレストンはシリンダーブロックのクランクケースのボルトを締め直した。ロニーは自ら大きな容器の栓を抜いて入れ替えた、新しいオイルの入った缶を彼に手渡した。

「おまえのような子どもたちさ」

「ロニー」

「そうだ、ロニーだ。神様はおまえが大好きなんだ」

少年は胸をどんと叩いた。「ロニーだ……」

「まずはコーティナを磨こう。クロスを取ってくれないか?」

彼らは息を切らし、腕に力が入らなくなるまで円を描きながら車を磨いた。

車体は鏡のようにピカピカになった。

「俺たちは神に守られているんだ」とジャック・プレストンは言った。「神が導いてくださる。そのはずだ。ロニーが大好きだからな」

「うん」少年は言った。「幼きイエス様だもん」

「あとでまた数を数えてくれるかい？」

「二十！」

「その時が来たら言うよ」

ロニーは彼を見つめた。

「あとで。並木道のところで」

「うん」

「そしたらまた上手に数えてくれよ」

「うん」ロニーは両眼をぎゅっと閉じて笑った。

彼らはコーティナを門から外へ押して出した。その夕暮れは、まだ夕暮れにはなっていなかった。完全には。怒鳴り声を上げてエンジンがかかると、少年は大声で叫びながら手を叩き、幸せのあまりジャック・プレストンの隣の席で身体を揺すった。

11

アメリカの地図の上を東から西へと走る鋭い線のような夜明けの光とともに、イギリスでは午後になり短波通信が一気に増えた。ブラントは二時間前からヘッドホンをして受信機に耳を傾けていた。ブラック・スワンは明日も存在するだろうに、彼が生涯待ち続けている女が、まさに今日オールドステッドにひょっこり現れたなら、彼女は運命の人ではない。

アマチュア無線家たちはかなり興奮していた。ケンタッキー州ルイビルに住むアマチュア無線家が、イーグルのオルドリンとアポロ11号のコリンズの交信を、アポロ11号とヒューストンにある管制センターの通信周波数とは別の、ソビエトの傍受を防ぐためより弱い〝局所的な〟無線通信を傍受したといううわさが広まっていた。男はおそらくあとから公開するつもりで録音していたらしく、それ以降これがいつどの周波数帯で行われるかが方々で推測された。通信中の無数の音声を聞き分けようと、ブラントは集中していた。アーミーグリーンの機器のそばに置いた皿を見つめながら、パンくずがあるということは、その中身はさっさと平らげたのだろう。

彼は数時間耳を研ぎ澄ませて無線を傍受したのち外気に当たりに行き、コンクリートで地面に固定された鉄塔とアンテナを見上げた。先端の鋭い金属製の構造物が夕焼け空に黒々とひときわ目立っていた。彼は目の前にやや低い農地が広がる家の正面に回り、暗がりで水浴びをした。頭上には、紺青の空に、光を放つ鎌の形をした半月。この神秘的な月は人類が眺めるようになるよりもずっと前から空に存在している。この無限に広がる空の下、彼の家の前を包む静寂の中、ひとりきりでいる時に彼は、月面着陸の一部始終が行われたことをたった今知った。

目の前の闇に浮かぶ一筋の明かりが彼の気を引いた。それはまるで誰かが手提げランプを持って農地の中を走っているようだった。彼は距離を見誤っており、実際にはもっと遠かった。それは車だった。くぼんだ道と木々の垣根が足元から照らされていた。何も聞こえなかった。彼の背後で吹いている風が、遠くの物音をかき消していることは分かり切っていた。もう一度よく見てみると、車は速度を上げて走っていた。そう思っているうちに、まるで運転手がヘッドライトを消したように、突然明かりが消えた。彼は明かりがまた現れると思われるほうを見た。車が風景の中を走るのと同じ速度で視線を動かしてルートを追ったが、明かりが再び現れることはなかった。

ブラントは再び空に関心を向けた。そして微笑む。まさに彼のように空を見ようと外へ飛び出した者は何人いるだろうか。ひとりきりで、自宅前でひっそりと、しかしながらこの同じ魅惑的な月の下にいるのだ。やがてそこから人間が現れ、ひとりの男が小さいが偉大な一歩を記すであろう月面の斑点を、彼と同じように無駄だと知りながら探した者は、どのくらいいただろうか。

12

ノリスはもう農夫とは言えないにもかかわらず、早寝早起きの習慣を維持していた。寝入りばなに外の物音に、道路から聞こえた衝撃音に、起こされた。寝ぼけており、まったく覚えていなかった。彼はまたすぐ眠りに落ちた。翌朝には忘れてしまうほどの、ほんの一瞬の目覚めだった。

彼は顔に水をかけ、上っ張りを羽織り、ゴム靴を履いて庭の畑へ歩いていった。新しい一日が川べりの農地の上で輝いている。あと一時間もして、五時ごろになれば穀物が太陽に赤く染まるだろう。静けさと華麗さと素朴さ——そういったものが好きな人々にとっては最高の贈り物だ。六年前にはすでに、ノリスは農地をコリンに売り払ってしまっていたが、まるですべて彼のものであるかのように家の周りの畑を眺めていた。彼がそれを見ていた唯一の人物だった。妻と朝食を取る前の朝一番のこの数時間は、まったくいつもと同じようだった。

家畜小屋で今も飼育している家畜数頭のために、ノリスはこんなに早く起きる必要はなかった。フンの始末をして牛の乳を搾り、彼は起伏のある畑と太陽のきらめきを見つめた。そして作業を終えて朝食を作るために再び家の中に入った時、世界をリードしているという感覚に陥った。この日は何が起きても生きる価値があるという感覚に。

六時半きっかりに、食卓を整え、お茶を入れ、オレンジを搾り、表に面する整理された部屋でノリスは妻をベッドから持ち上げて車いすに乗せた。六時半に薬効が切れる。妻とすること、あとから一緒にすること、ひとりですでにしたことを解説し、彼は途切れることなく話しつづけた。彼女は何も言わなかった。浴室で彼女の寝間着を頭から引き抜き、彼女の腕を彼の首に回して背中を使い車いすから引っ張り上げた。彼女の身体を洗う。背中を洗い終えると彼は浴室を出てゆき、妻がタオルの上に座って前を洗った。

妻が窓のほうを向いて食卓につき、ノリスは彼女の言いなりになった。静かに年を重ねるうちに慣れ親しんだ順番で、彼らは朝食を食べた。ドアが開いており、キッチンはキジバトの鳴き声に満ちていた。その時庭の畑でほかの物音がした。物音は表側でして、家畜小屋の壁に反響して裏口から入ってきた。特徴のある人の声だ。ノリスはストーブの上にかかっている時計のほうを振り向いた。七時五分前。ロニーが八時より前に来ることは決してないので、一瞬疑った。決して来ない。だがまたあの声が、まだ家の表から、いつもよりかすれた声が聞こえた、まるで芝生に座って自分を激しく非難するように、怒っている。

「ロニーだわ」と妻が言った。

ノリスは食卓の皿をどけ、戸棚からタオルと鼈甲《べっこう》の櫛《くし》を取り出して待ちかまえた。ノリスは早めの儀式にわくわくしていた。妻は少年を膝に乗せてタオルをかけてやり、彼の濡れ羽色の髪を必要以上に時間をかけて梳かした。彼女の眼差しや口元の表情が和らいでゆく様を眺めていると、長年愛してきた妻がこちらをちらりと見るだろう。そしてふたりが一緒に眺めていると、ロニーはややしゃちほこばってかしこまり、シンクの上にかかっている鏡に近づいて、鏡に映る姿を見るが早いかよどみなく一気にこう言うだろう――ロニーはハンサムな男の子。中世の肖像画のように、鏡の前で動かず微笑んでいたかと思うと、突然、会釈もなく一言も交わさずに出てゆくだろう。その行き先を知る者は、神以外にいなかった。

アムステルダムにて、ライターズ・イン・レジデンスプログラムに参加させていただいたオランダ文学基金と、ヨークシャーへの取材旅行をさせていただいたフランダース文学基金に、御礼申し上げます。スザンヌ氏およびヘンク氏をはじめ、デ・ベージヘ・ベイ DE BEZIGE BIJ 社の皆さま、たいへんありがとうございました。そして妻、ヴァレリアに感謝します。

訳者あとがき

本書『モンテカルロ *Monte Carlo*』は二〇一四年にベルギー人作家、ペーテル・テリン（Peter Terrin 1968- ）の六作目の長編小説として刊行された。

一九六八年五月、Ｆ１世界選手権のモナコグランプリ開始直前のモンテカルロで小説は幕を開ける。イギリスの片田舎で生まれ育った整備士ジャック・プレストンは、英国レーシングチームの名門、ロータスの一員としてレース開始に備えている。グランプリ観戦に訪れていた人気女優のデーデーがレース参加者や観衆の視線を集めている中、その事故は起きる。ガソリン引火で生じた爆発から身を挺してデーデーを守るジャック。大やけどを負いながらデーデーを救った彼だが、しかしその事故をきっかけに彼の人生は少しずつ狂っていく……。

ペーテル・テリンは一九六八年にベルギーの西フランダース州ティールトに生まれた。子どものころ数学と化学が得意だったテリンは理学・工学を専攻したものの目標を見失い、心理学系の学科に転学。卒業後は職を転々としながら自分のなすべきことを探していたという。転機となったのは、二十三歳の時に出会った一冊の本。オランダ人作家、ウィレム・フレデリック・ヘルマンス（Willem Frederik Hermans 1921-1995）の『ダモクレスの暗室 *De donkere kamer van Damokles*』（未邦訳）をロンドン出張の際に持参し、一晩で読破したテリンは翌朝会社に電話をして辞職し、執筆活動を始めた。そして一九九八年に短編集『ザ・コード *De Code*』でデビューを果たすと、二〇〇三年に刊行された二作目の長編小説『白紙 *Blanco*』以降は本書に至るまですべての作品で数々の文学賞にノミネートされるようになる。大金持ちが住むマンションの地下駐車場から一歩も外へ出ずに守衛をするふたりの男の物語『守衛 *De bewaker*』（二〇〇九年刊）でEU文学賞を、そして無名の作家が主人公の半自伝的小説『死後に *Post mortem*』（二〇一二年刊）でオランダ語圏の権威ある文学賞AKO文学賞（二〇一五年にECI文学賞に改称）を受賞し、今やベルギーでは押しも押されもせぬ作家のひとりとなった。また、テリンの作品はヨーロッパに広く紹介され、二十か国語近くに翻訳されている。なお、日本では本書『モンテカルロ』が初めての翻訳紹介となる。

自らを「作家」の地位に導いてくれたヘルマンスに対し、テリンは感謝と敬意を表明していて（そのこともあってか、タイプライター愛好家だったヘルマンスと同じように原稿はタイプライターで作成しているそうだ）、その作品にはヘルマンス作品に通じる要素がある。ヘルマンスは〝故意と思い違い〟を主題にした作品が多いが、本書もジャック・プレストンの〝思い違い〟から彼の人生があらぬほうへと向かうという点で、共通の要素を持つと言えるだろう。

本書『モンテカルロ』はオランダ語圏の三大文学賞すべてにノミネートされ、そのうちリブリス文学賞では最終候補に残った。オランダの全国紙NRCは、テリンを「本当に興味深い数少ない作家」だと紹介したうえで、本書を「テリンのこれまでの著書の中でも秀逸で、最も親しみやすい」と好意的に評している。またオンライン文化誌の8WEEKLYは「本書はオランダ語で書かれた小説には珍しく、ページ数と表現力が反比例する作品」という表現で称賛している。読者からの反応も上々で、「一度読みはじめると続きが気になって一気に読んだ」、「著者の言葉の美しさにひかれて何度も繰り返し読んだ」、「F1グランプリが舞台だったのでとてもわくわくしながら読んだ」などといった感想が寄せられている。外国でも人気を得、とりわけイタリアではそのエレガントで洗練されたスタイルが好まれ、「簡潔で切迫感のある逆説的な小説」であると高く評価された。

「F1グランプリが舞台だったので……」という読者の感想を紹介したが、F1はべルギーでも人気のスポーツだ。作中でも言及されているスパ・フランコルシャン、この「F1カレンダーで最も美しい」サーキットで開催されるベルギーグランプリともなれば、公共放送で生中継されるほどだ（訳者は十五年以上前にベルギーに住んでいたが、友人がベルギーグランプリのことを楽しそうに話していたのを今でも覚えている）。テリンはその人気スポーツを舞台装置に用いて読者の関心を引きつつ、チーム・ロータスの創始者チャップマンやドライバーのジム・クラークといった実在の人物を登場させてリアリティーを出すとともに、フィクションを織り交ぜて（例えば実在のジム・クラークは、本書第一部の舞台である一九六八年のモナコグランプリには出場していない。同年四月、つまりモナコグランプリより前に行われたヨーロッパF2選手権で事故死したからだ）、作品世界を構築している。

そして本書の構成自体がモナコグランプリを意識したものだという。『モンテカルロ』は三部構成で第一部十五章、第二部五十四章、第三部十二章の合計八十一章から成る。これはテリンによると、モナコグランプリがサーキットを約八十周することと掛けられているそうだ。また、ほとんどの章はコンパクトにまとめられ、スピード感のある巧みな筆致で物語の情景が鮮やかに描かれているが、それぞれの章を短くまとめたのもモンテカルロ市街地コースがF1サーキットの中で最も短いことと関連付けられているとのことである（一周七〇〇四mあるスパ・フランコルシャンに対して、モンテカルロ市街地コースはその半分以下の三三四〇m）。

サーキットの疾走感を醸しだすことがテリンの狙いのひとつだとして、日本語訳でそれをどこまで表現できたかどうか。読者の皆さんにそれを感じていただけたならうれしく思う。

訳者はベルギーから帰国したのち実務翻訳をしていたが、二〇一〇年および二〇一一年に公益財団法人フランダースセンター主催のフランダース文学翻訳セミナーに参加したのを機に文芸翻訳にも取り組むようになった。その時講師をされていたリュック・ヴァンホーテ氏には、本書の翻訳にあたっても細やかで的確なアドバイスをいただきました。心より感謝いたします。また、ペーテル・テリンの作品を日本に紹介する機会を与えてくださったフランダースセンターのベルナルド・カトリッセ館長、ベルギー文化等について様々な助言をいただいたニコ・ネーフス氏、またセンターの皆様、本当にありがとうございました。この場をお借りして御礼申し上げます。そして、経験の浅いわたしを根気よくご指導くださいました松籟社の木村浩之氏をはじめ、本書の出版に携わってくださった皆様に厚く御礼申し上げます。

二〇一六年八月

板屋嘉代子

本書は公益財団法人フランダースセンター及びフランダース文学基金より
助成を得て刊行されました。

［訳者］

板屋　嘉代子　（いたや・かよこ）

国際外語専門学校英語ビジネス本科卒業。海運会社勤務を経て、1995年から2001年までベルギーのアントワープに滞在する。
帰国後フリーランスでオランダ語の実務翻訳に従事する傍ら、公益財団法人フランダースセンターのフランダース文学翻訳セミナー（2010年／2011年）に参加。同センターの編集により刊行された現代ベルギー小説アンソロジー『フランダースの声』（松籟社）では、アンネ・プロヴォーストの作品『一発の銃弾』の訳を担当した。他の訳書に『シタとロット ふたりの秘密』（西村書店）がある。

フランダースの声

モンテカルロ

2016年10月14日　初版発行　　定価はカバーに表示しています

著　者　ペーテル・テリン
訳　者　板屋　嘉代子
発行者　相坂　一

協　力　フランダース文学基金
　　　　フランダースセンター

発行所　松籟社（しょうらいしゃ）
〒612-0801　京都市伏見区深草正覚町1-34
電話　075-531-2878　振替　01040-3-13030
url　http://shoraisha.com/

印刷・製本　モリモト印刷株式会社
カバーデザイン　安藤　紫野
Printed in Japan

 ISBN978-4-87984-350-0 C0397